ARKANA

ARKANA

Roman

Susanne Oswald

arcanum = lat. Geheimnis, arcana = Geheimnisse

Die 56 Karten der Kleinen Arkana
und die 22 Karten der Großen Arkana
bilden zusammen das Set
des Wahrsagespiels Tarot.
Die Kartenbeschreibungen in diesem Roman
beziehen sich auf die
großen Arkana des Marseiller Tarots.

1 Der Gaukler

Was haben sie nicht schon alles geschrieben über Dich? Sie sagten, dass Du fest auf der Erde stehst und gegen den Himmel zeigst. Sie sahen eine liegende Acht in Deinem Hut, das Zeichen für die Unendlichkeit. Und unter den Requisiten Deines Spiels machten sie die Symbole für die vier Elemente aus: Erde, Wasser, Luft und Feuer. Hat der Zeichner, der Dich vor ein paar hundert Jahren auf diese Karte bannte, tatsächlich so viel gedacht?

Reizend hat er Dich dargestellt, blondgelockt und mit Grübchen am Kinn. Dein Hemd hat dreifarbige Ärmel und war sicher nicht billig. Wie Du so dastehst, musst Du ein Erfolg gewesen sein! Die Frauenherzen flogen Dir zu. Weil Du so hübsch warst, aber auch, weil Du sie mit Tricks verführt hast, die sie wie Kinder von neuem an Wunder glauben ließen. Und an das Wunder der Liebe am liebsten.

Gaukler heißt Du auf deutsch, auf französisch „le bateleur": Einer, der mit den Leuten Schiffchen fährt. Oder sie aufs Glatteis führt, wie man bei uns sagt. Du lässt Münzen verschwinden und wieder erscheinen, Du würfelst jede gewünschte Zahl, vielleicht zerschneidest Du Stricke, und – oh Wunder – sie sind doch noch ganz. Du machst mit den Dingen, was Du willst. Und wenn auch alle wissen, dass Du ein Spieler und eigentlich nicht vertrauenswürdig bist, so jubeln sie Dir doch zu und beneiden Dich darum, dass Dir die Dinge gehorchen, während sie sich uns so widerspenstig widersetzen.

Kein Mensch denkt daran, wie lange Du vor Deinem Auftritt geübt hast. Sie sehen Dich wirken, und es gleicht einem Tanz, in dem sich Dir die Wahrscheinlichkeit ergibt, nein, hingibt. Das was sonst gilt, legt sich gebändigt zu Deinen Füßen hin und der Zauber ist plötzlich Realität.

Die den Karten beigelegte Gebrauchsanweisung sagt, Du stehst für das Schicksal des Menschen, der mit verborgenen Kräften kämpft. Sind diese innen oder außen?

Zufälle und Schicksalsschläge, Unsicherheit und List sind Deine Begleiterscheinungen. Und auch für mich bist Du das Unwahr-

scheinliche, das plötzlich wahr wird, das Spiel, das unversehens in Ernst umkippt, das Chaos, aus dem die Welt entsteht.

Aber der abgehobene Schöpfergott bist Du nicht! Es ist vielleicht so, dass Du die Fäden ziehst, aber Achtung: Du verwickelst Dich selbst in ihnen!

Nun saß Karl also im Flughafen von Frankfurt und wartete auf das Flugzeug, das ihn nach Dubai und Katmandu bringen sollte. Und er wunderte sich immer noch, wie ihm geschah. Der Lounge-Chair, den er erobern konnte, war recht bequem, so dass es ihm einigermaßen gelang, sich zu entspannen. Nur die ständigen Durchsagen, die aus dem Lautsprecher in der Decke quollen, störten seine Ruhe. Unwahrscheinlich welche Destinationen die blecherne Stimme wie einen Rosenkranz herunterleierte: Unzählige Orte, die ihm und jedermann offen standen. Ein Ticket und ein paar Schritte genügten, um in einem Flugzeug und danach irgendwo ganz anders zu sein, irgendwo, wo alles fremd war, die Häuser seltsam, das Essen ungewohnt, die Menschen geheimnisvoll anziehend und furchterregend zugleich. In Karl stritten sich die Gefühle. Die Ferne verlockte und verunsicherte ihn. Abgründe schienen sich zu öffnen zwischen ihm und dem Fremden, eine erschreckend weite Distanz. Und gleichzeitig war da die Sehnsucht nach Verständigung und Nähe, der heftige Wunsch, zur Überbrückung fähig zu sein. Sie weckte Abenteuerlust, eine Art Wildheit, die jedes Risiko auf sich nehmen wollte. Werden wie die andern, die Fremden, und dadurch endlich sich selbst sein? Karl ließ sich auf diese Frage nicht ein. Schnell flüchtete er in sein praktisches Denken. Er stellte sich vor, wie viel Abgase die Flugzeuge produzieren und wie diese die Ozonschicht schädigen. Und er sagte sich, dass es höchst vernünftig sei, auf Abenteuer zu verzichten und nicht einfach zum Spaß herumzureisen. Er seufzte. Ein paar hochgewachsene Afrikanerinnen in farbigen Gewändern zogen mit ächzenden Caddies voll praller Koffer wie eine Karawane vorbei. Ihre Haltung war aufrecht und hoheitsvoll. Karl meinte für einen Moment die stille Würde der Wüste zu spüren, dann aber schlugen die Geräusche des Flughafens wieder über ihm zusammen. Zwei Stuhlreihen entfernt wimmerte ein Kind. Es lag zwischen zerknitterten Plastiktüten und zusammengerollten Decken auf dem Boden. Seine Eltern schliefen zusammengesunken in den harten Schalenstühlen, mit denen sich die meisten Reisenden begnügen mussten: Eine Flüchtlingsfamilie auf der Reise ins Nirgendwo. Karl gegenüber saß ein schwarzäugiger Araber oder Perser neben seiner verschleierten Frau. Er kaute wild auf seinem Kaugummi, und Karl fragte sich, ob unter dem dunklen, unbewegten Umhang seiner Frau wohl ebenso unermüdliche Kiefer mahlten. Doch die schwarzen Tücher regten sich nicht, die Augen der Frau blieben gesenkt und verrieten nichts. Vielleicht schlief sie, vielleicht hatte sie sich ein für allemal von der Welt verabschiedet.

Karl war, dem Ozonloch zum Trotz, ein häufiger Flieger. Als Entwicklungsingenieur jettete er für seine Firma in ganz Europa herum. Aber eben nicht zum Vergnügen, das war ein wichtiger Unterschied. Sein Leben in der Fremde spielte sich in Fabrikhallen und Luxushotels ab, war geordnet und bot wenig Neues. Seine Reisen waren perfekt organisiert und normalerweise auch seine Flüge. Daher kam es selten vor, dass er stundenlang auf einem Flughafen herumsitzen musste wie an diesem Tag. Aber an dieser Reise war von Anfang an alles anders und sonderbar.

Eigentlich hatte er gar nicht fliegen wollen. Karl war keiner der Menschen, die nur darauf warten, sich in den Ferien in Touristen zu verwandeln. Karl blieb Karl, auch im Urlaub. Er behielt gern die Kontrolle über das Geschehen, darum fuhr er im eigenen Auto weg. Darin hatte er Platz für alles, was er dabeihaben wollte und was er unterwegs vielleicht brauchen würde. Sein Wagen war die Verlängerung seiner selbst, sein vertrauter Rahmen. In ihm führte er sein gewohntes Leben mit, wenn er wegfuhr. So blieb er, auch im fremden Land, zu Hause. Meistens zog Karl in Richtung Süden, nach Italien, wo er inzwischen etliche reizende Hotels und Restaurants kannte, die er jedes Jahr von neuem besuchte, immer wieder begeistert darüber, dass er sie einstmals entdeckt hatte und dass sie seine Erwartungen niemals enttäuschten.

Doch dann hatte ihn ein Zufall in seltsame Fäden verstrickt. Und Karl, der schon nur den Gedanken hasste, seine Ferien damit zu beginnen, sich zu überlegen, was er einpacken müsste und wie viel wohl alles zusammen wiege – Karl hatte lange Listen geschrieben, in spezialisierten Läden eingekauft, sich mit Lebensmitteln, Medikamenten, einem warmen Schlafsack und Essbesteck eingedeckt. Und nun war sein Rucksack bereits unterwegs, genau 19 Kilo schwer, berstend voll mit dem Allernotwendigsten.

Karl hätte nie geglaubt, dass er freiwillig in ein Land reisen würde, in dem mit schlechtem Essen zu rechnen war, wobei man erst noch riskierte, ein heimtückisches Virus einzufangen. Nach seiner Meinung war das alltägliche Leben anstrengend genug, und es schien ihm höchst unnötig, sich freiwillig Strapazen aufzuladen. Und wenn schon Abenteuer, dann bitte mit minimalem Komfort. Zumindest ein Badezimmer musste sein. Doch nun war er unterwegs nach Tibet. Und selbst die verlogensten Reisebüros warnten vor zu hohen Erwartungen!

Schuld an allem war dieser verrückte Heinrich, der plötzlich in Liebe entbrannt war und nach Südfrankreich anstatt nach Tibet fliegen wollte. Er hatte seine Tibetrundreise aber seit langem gebucht und bezahlt und drehte das Arrangement nun seinem Freund Karl an: „Ich schenk es Dir", hatte er großzügig gesagt, „die Reise verfällt sonst." Und Karl, der keinen Schatten auf diese neue große Liebe fallen lassen wollte, konnte nicht anders als akzeptieren. Es wäre ja auch zu schade gewesen, die teure Reise verfallen zu lassen. Selbstverständlich hatte er Heinrich dann doch entschädigt, schließlich war der sein bester Freund. Aber damit hatte er sich ein teures Paket an Aufregung eingehandelt: Unendliche Gänge waren nötig, um die verschiedenen Visa einzuholen. Auch eine ärztliche Untersuchung musste er über sich ergehen lassen, Tests und Impfungen. Aber Karl hatte sich ergeben in alles gefügt, denn ihn leitete dumpf und unterschwellig die seltsame Idee, dass etwas Schicksalhaftes im Spiel war.

Nicht dass jetzt jemand denkt, Karl sei ein Eigenbrötler und Langweiler, das war er ganz gewiss nicht. Er liebte es einfach, zu bestimmen und seine Kräfte einzuteilen. Das lag vielleicht an seinem Beruf, der ziemlich anstrengend und sehr herausfordernd war. Vielleicht war es auch eine Reaktion auf seine Arbeit, die darin bestand, aus Wärme und Abluft möglichst viel Energie herauszuholen und Energieverluste mit aller Kraft zu vermeiden. Bisher jedenfalls hatte für Karl gegolten: Sein Urlaub sollte ohne Druck und Aufregung sein und totale Entspannung bieten. Alles sollte sorgfältig darauf ausgerichtet sein, köstliche Momente herbeizuführen, diese zu verlängern und genussvoll auszukosten. Und dieser geruhsame Genuss war ihm, so fürchtete er, weder in Nepal noch in Tibet vergönnt.

Karl schloss die Augen und räkelte sich in seinem Sessel. Er versuchte zu schlafen, aber die belebte Flughafenwelt ließ sich nicht verdrängen. Auch vor seinem inneren Auge bewegten sich unaufhaltbare Bilder. Noch einmal verabschiedete er sich von seiner Sekretärin, noch einmal hörte und sah er Heinrich, der ihm die letzten guten Ratschläge erteilte. „Das Wichtigste ist", hatte dieser gesagt, „dass du nichts erwartest und alles so hinnimmst, wie es kommt." Aber das war leichter gesagt als getan. Denn Karl erwartete das totale Chaos und er fürchtete sich.

Da lag er, dieser große, starke Mann, seine dunklen Augen von etwas schweren Lidern bedeckt, die schwarzen Kräusel seines Bartes ordentlich gestutzt. Er sah selbst in Jeans und Jacke gepflegt und ordentlich aus, aber wie immer lag etwas Schattiges und Ungezähmtes um ihn, was viele Frauen anzog, weil es etwas Urmännliches und Verbotenes enthielt. Sein Kopf war zur Seite geneigt, so dass sein starker Hals deutlich zu sehen war, die großen Hände lagen entspannt auf seinen festen Schenkeln. Ruhe und Kraft strahlte er aus und nichts ließ seine Bedenken und Befürchtungen erahnen.

Vielleicht waren diese auch vergangen, denn nun schwebte Karl in einem schläfrigen Zustand, den er als äußerst angenehm empfand. So etwas wie Leichtsinn kam über ihn. Wenn das Leben mit ihm spielen wollte, das träumte er mehr, als dass er es dachte, dann würde er mitzuspielen wissen. Er hatte Humor und er war kein Spielverderber. Er fühlte, dass er seine Karten fest in der Hand hielt und einiges an Trümpfen auszuspielen hatte. In diesem Augenblick fühlte er sich stark und unbesiegbar.

Aber natürlich täuschte er sich.

2 Die Päpstin

Dich dürfte es gar nicht geben, denn die Mächtigen haben die Frauen, so hofften sie wenigstens, ein für alle Mal von allen wichtigen Posten verdrängt. (Damals, als sie von Nordosten einfielen mit metallenen Waffen und unser Reich des Friedens zerstörten. Damals, weißt Du es noch, setzte sich niemand über die andern, und weder Krone noch Tiara waren bekannt!) Und später, im dunklen Mittelalter, als Du es wagtest, Du Sagengestalt, den Kampf um die Macht aufzunehmen, als Du als Päpstin Johanna den Thron bestiegst, da haben sie Dich prompt verhaftet. Da standst Du, von ihnen hämisch erhöht, auf dem brennenden Scheiterhaufen und sahst Dein Blut aus Dir fließen, bis Du Dein Bewusstsein — nein eben

nicht – verlorst, sondern es von Deinem Körper löstest. Und plötz-
lich hast Du verstanden, dass Du nicht Dein Körper bist.
   Kein Wunder, blickst Du nun so direkt, so ruhig und klug.
Denn das Buch mit sieben Siegeln liegt offen auf Deinem Schoß.
Und das große Geheimnis ist Dir keines mehr.
   Du herrschst, auch wenn es Dich gar nicht geben dürfte. (Selbst
die Jünger des Tarot haben Dich zur Hohepriesterin oder zur ver-
schleierten Isis umfunktioniert so wie alles umgedeutet wird, das
nicht eingeordnet werden kann.) Dabei liegt Deine Kraft genau in
Deiner Unangepasstheit, in Deiner Unmöglichkeit. Du stehst für
das Okkulte, für die Intuition, für die geheimen Kräfte der Natur.
Der Verstand verbrennt, wenn immer er es antrifft, das Paradoxe.
Aber dieses kümmert sich nicht darum: Es regiert.
   Sei mir willkommen, in meinem Spiel.

Ina verharrte einen Moment. Vor ihr stiegen die Treppenstufen steil an. 365 Stufen hatte sie zu bewältigen, so
viele wie das Jahr Tage hat, bis sie oben beim goldenen
Vajra anlangen würde. Der mächtige Donnerkeil, Symbol
des tantrischen Buddhismus, glänzte in der Sonne. Darüber strahlte die geriffelte, goldene Spitze des Stupa von
Swayambhunath, mit den mandelförmigen Augen des
Buddha, dessen Blick sich in den fernen, terrassierten Hügeln verliert. Die weiße Halbkugel, die für das Himmels-
gewölbe und den heiligen Berg Meru steht, zeichnete sich
scharf gegen den fast dunkelblauen Himmel ab. Gebetsfahnen, die zum Fest von Buddhas Geburtstag aufgehängt
worden waren, zeichneten ein sich ständig veränderndes,
filigranes Muster in die Luft.
   Ina seufzte. Das lockere Wäldchen, durch das die Treppe führte, sah kühl aus. Schattenflecken sprenkelten den
Boden, die dünnen Baumstämme schwankten leise in einem Wind, den Ina nicht spürte. Sie schwitzte. Plötzlich
schrak sie zusammen. Nahe neben ihr wurde eine Baum-
krone wild geschüttelt: Affen trieben ihr Spiel, sie stritten

und rannten schließlich keifend davon. Es wurde wieder still. Ein wundervoller, blauer Vogel flirrte kurz vor dem Halbdunkel auf und verschwand im Laub. Dann wurde Inas Versunkenheit gestört. Ein Bettlerkind kam und zupfte an ihrem Kleid. Sie gab ihm lächelnd ein paar Rupies und ging weiter, an Bettlern, Buddhas, Garudas, den seltsamen Vogelwesen, an Tänzerinnen und Andenkenverkäufern vorbei, die alle versuchten, ihre Aufmerksamkeit auf sich zu ziehen. Aber Ina war lange genug in Asien, um ungeschoren an ihnen vorbei zu kommen.

Endlich erreichte sie die Terrasse. Wie immer wimmelte es von Menschen und Tieren. Affen und Tauben jagten sich gegenseitig Opfergaben ab: Reiskörner, Blumen und Früchte. Butterlampen flackerten und über ihnen drehten sich Gebetsmühlen, in Gang gesetzt von schlanken Tibeterinnen, die ernsthaft und konzentriert Gebete murmelnd im Uhrzeigersinn den heiligen Ort umschritten. Auch Ina umkreiste den Stupa, ohne allerdings die Gebetsmühlen zu berühren. Sie wich auf ihrem Weg spielenden Kindern und schlafenden Hunden aus. Nepalesinnen und Inderinnen, die in ihren zarten, bunten Saris wie Schmetterlinge durch die Menge flatterten, machten sich an den Nischen mit den Heiligenbildern zu schaffen. Sie entzündeten Räucherwerk und berührten die heiligen Figuren, in der Hoffnung, ihre Gebete würden erhört.

Ina ging Richtung Norden, zu den vielen, kleinen Stupas, die von Gläubigen gestiftet worden waren, als Erinnerung an einen Toten oder zum Dank für die Gewährung einer göttlichen Gunst. Bunte Wäsche war zum Trocknen ausgelegt. Ein Mädchen mit strahlenden, braunen Kugelaugen kehrte tief gebückt den Boden, mit einem Besen ohne Stiel.

Vor dem Hariti-Tempel hatte ein Priester seinen Altar errichtet. Auf einem Tuch vor ihm auf dem Boden waren die verschiedensten Gegenstände versammelt: Öllampen, Schalen voller Reis, Blumen, ein Wasserkrüglein, Ketten,

Schnüre, allerhand Räucherwerk und grüne Zweige. Ein würdiger Mann mit seltsamer Kopfbedeckung saß still versunken an seiner Seite. Daneben kauerte eine Frau mit einem offensichtlich kranken Kind im Arm. Der Priester betete mit sonorer Stimme einen einförmigen Gesang. Unmittelbar unterbrach er sich und bedeutete dem Mann, er solle etwas Räucherwerk entzünden. Merkwürdigerweise sprach er dabei mit Alltagsstimme, was die heilige Handlung zu unterbrechen schien. Dann fuhr er weiter mit seiner Intonation. Plötzlich wurde das Heilritual jäh unterbrochen: Ein kleiner Affe wischte durch die Szenerie und stahl ein kleines Paket, das bei den Opfergaben lag. Die Frau schrie auf. Die beiden Männer blickten verstört. Nach einem Augenblick der Lähmung begannen sie aufeinander einzureden, wobei die Frau offensichtlich aufgebracht und erzürnt war. Vielleicht befürchtete sie, dass der Priester das Ritual unterbrechen würde, wenn eine der vorgeschriebenen Opfergaben fehlte. Ina verließ das aufgeregte Paar und verfolgte den Affen. Sie fand ihn auf einem kleinen Stupa sitzend. Er wickelte sorgfältig das Papier des Päckchens auf und leckte ein Ei aus seiner zerbrochenen Schale. Dabei sah er ängstlich und aufmerksam um sich, kontrollierend, ob er nicht angegriffen würde. Sein Blick wirkte alt, als er sich mit dem von Ina kreuzte. Diese genoss die Bilder, die auf sie einstürmten und die kleinen Dramen, die sich auf dieser Terrasse simultan abspielten. Sie hörte gleichzeitig heilige Gesänge und die gesummte Silbe OM und Teppichklopfen und Entenquaken. Sie roch Räucherstäbchen und Curry und Butterfett und den widerlichen Geruch von faulendem Abfall. Sie sah Gold und Farbe und Dreck und fühlte Sonne und Wind auf sich.

Sie liebte dieses Land und ganz besonders liebte sie diesen Platz. Wie oft war sie in den letzten Wochen hierher gekommen, angezogen von dem bunten Treiben und der Stille, die deutlich wahrnehmbar darunter lag. Es versetzte sie in eine Art Trance, die ihre Bewegungen verlangsamte und ihre Aufmerksamkeit erhöhte. Sie fühlte sich in diesen Momenten lebendiger und wirklicher als sonst in ihrem Leben.

Ina war unterwegs auf der Suche nach etwas, das sie nicht hätte benennen können. Jahre zuvor war sie abgereist und hatte den Weg in Richtung Osten eingeschlagen. Mit einem knapp gefüllten Bankkonto und einem großen Rucksack im Rücken. Sie hatte in der Türkei in einer Hotelbar Drinks serviert, danach in Israel auf einem Kibbuz Orangen gepflückt. In Dubai eröffnete sie einen Schönheitssalon, der sie aber mehr kostete, als er ihr einbrachte. Dann war sie mit einem Frachter günstig nach Goa gesegelt, und hatte, als sie endlich wieder Boden unter ihren Füßen fühlte, vor lauter Freude und nur mit ganz kurzen Unterbrechungen, während zwei Wochen unter einer Palme meditiert. Nicht dass sie das gelernt hätte, sie tat es spontan und aus reiner Lust. Sie brauchte Abwechslung nach der Aufregung der Überfahrt, dem ununterbrochenen Schaukeln der Wellen, dem Brausen der Segel in Wind und Sturm. Dieses stille Sitzen hatte sie verändert, ohne dass sie hätte sagen können, wie. Sie dachte auch kaum darüber nach.

Nach Goa war sie monatelang durch Indien gezogen, mal in einem Hotel lebend, mal in einem Ashram Unterkunft suchend. Sie hatte sich Zeit genommen, Menschen und Lebensweisen kennengelernt, heilige Orte besucht und sich in die verschiedenen Landschaften verliebt. Auf dem Weg zu Buddhas Geburtsort war sie schließlich nach Nepal gekommen und danach ins Tal von Katmandu. Und da wusste sie sehr schnell, dass sie bleiben wollte.

Ihr Touristenvisum erlaubte es ihr nicht, offiziell nach Arbeit zu suchen, aber sie hatte den Dreh auf ihrer Reise herausgefunden, wie man Arbeit gegen Essen und Unterkunft tauscht. Sie nahm ein Zimmer in einem kleinen Familienhotel, bezahlte für die ersten zwei Wochen, blieb zwei weitere und sagte, dass sie ihre Rechnung kaum bezahlen könne, aber dafür arbeiten wolle. Danach machte sie sich in Küche und Büro so unentbehrlich, dass keiner mehr daran dachte, etwas an diesem Arrangement zu ändern. Sie backte herrliches Brot, das die übrigen Gäste zu Begeisterungsstürmen hinriss und schon nach kurzer Zeit wusste sie ein Dhalbat, das traditionelle, nepalesische Reisgericht mit Linsen so zu kochen, dass die vielbeschäftigte Frau des Hauses froh war, ihr auch dies zu überlassen. Und die ganze Familie genoss die exotische Tatsache, dass eine Amerikanerin für sie kochte, denn für sie war Ina eine Amerikanerin, weil sie weiß war und blond.

Ina ging die wenigen Treppenstufen hinunter zum Tempel von Shantipur. Wusste sie, dass dieser Ort ein altes Zentrum der Regenmacher gewesen war? Oder war es einfach Zufall, dass es diese Terrasse war, die ihr auf diesem Tempelberg zum liebsten Ort geworden war? Es gab hier nur wenig zu sehen: ein paar Stupas, Häuserfassaden mit verhängten Fenstern, ein paar Mäuerchen und einen Baum, auf dem ein Affe hockte und seinen Schwanz pendeln ließ. Doch hier saß Amithaba, der Buddha des Westens und des Paradieses.

Goldgelb bemalt war er, und glänzend, als ob er schwitzte. Er lächelte versunken vor sich hin, die eine Hand in den Schoß gelegt, mit der anderen den Boden berührend. Als ob er damit sagen wollte, dass er auch von dieser Erde sei.

Diese Statue war kein besonders raffiniertes Kunstwerk, aber es ging eine Ruhe von ihr und dem Ort aus, die Ina gleich beim ersten Mal gefangen genommen hatte. Und nun genoss sie diese einmal mehr in vollen Zügen. Aber an diesem Tag nahm sie Abschied, denn am kommenden Morgen wollte sie nach Lhasa fliegen.

Ein weißer Schmetterling kam torkelnd geflogen und umkreiste die gelbe Statue im Uhrzeigersinn, drei Mal hintereinander, als ob er Buddhist wäre. Und dann geschah etwas Sonderbares: Die von Steinlöwen bewachten, sonst immer verschlossenen Tore von Shantipur öffneten sich von unsichtbarer Hand.

Ina näherte sich, magnetisch angezogen. Es war ein Hindutempel, den sie nicht betreten durfte, das wusste sie. Aber sie ging doch die wenigen Stufen hinunter und näherte sich der Schwelle, hinter der sich ein schwarzer, verrauchter Raum öffnete. Er war so dunkel, dass seine Tiefe nicht abzuschätzen war. Doch in der Nähe der Tür, deutlich im Tageslicht zu sehen, lag eine schmiedeeiserne Feuerstelle, auf der offensichtlich erst kürzlich geräuchert worden war. Jedenfalls sah die Asche noch weiß und frisch aus. Hinter der Feuerstelle erhob sich ein Altar, der in der Dunkelheit bereits verschwamm. Nur undeutlich war das dort angebrachte Gemälde auszumachen. Umso seltsamer, dass ein Augenpaar deutlich aus der Düsternis hervorstach, dunkel und sehr lebendig. Und diese gemalten starrten in Inas hellgraue Augen, auf eine Weise, die sie im Innersten traf. Einen Moment lang erstarrte sie. Sie wusste nicht, was los war, aber sie spürte plötzlich Angst. Etwas Grenzenloses brach zu unmittelbar über sie herein.

3 Die Kaiserin

Stolz sitzt Du auf Deinem Thron, breitbeinig und fest, majestätisch mit Zepter und Krone. Doch was ist das für ein Sitz, dessen Lehnen sich hinter Dir erheben wie Engelsflügel? (Manche haben Dich tatsächlich mit Engelsflügeln gemalt!) Deine Krone ist fein gearbeitet, mit Lilien und Zacken, aber Dein Stuhl sieht aus, als ob er aus Fels wäre, in Jahrtausenden gewachsen und von Millionen Frösten und Regengüssen geformt.

Sie sagen, Du bist die Natur, die Mutter, aus der alles kommt. Wenn ich Dich so dasitzen sehe, vor diesen krummen Menhiren in Deinem Rücken, dann will ich es glauben, dass Du die Urmutter bist. Es macht dann auch Sinn, dass Dein Gesicht jung und Deine

Haare schneeweiß sind. Du bist eben alt und jung zugleich.

Die Krone, sagen sie, steht für Tierkreis und Planeten. Doch dient sie nicht eher dazu, Deine Energie im Stirn- und im Scheitelchakra zu sammeln und zu halten, wie es sich gehört, für eine, die alles regiert? War es nicht so, dass die Alten wussten, als sie den Stirnreif für die Herrscher und das Stirnband für die Schamanen benutzten, dass wir, wenn wir die Energie in der Stirne sammeln und zusammenhalten, uns in unendliche Weiten ausdehnen können? Um dort zu erfahren, was wir unbewusst immer schon wussten.

Du schaust mit skeptischem Blick nach links, auf die Welt, deren Symbol Du auf dem Zepter trägst. Und wer weiß, welche Gesetze dieser Blick transportiert und auf diesen erschreckten Planeten wirft, der im Zeichen des Kreuzes, der Polarität und damit der Widersprüche steht. Mit Deinen Augen, die verloren scheinen in einem Wissen, das in den unerklärlichen Weiten wurzelt, entwirfst Du die Welt. Dein Gedanke sagt, was sein soll.

Es ist Dein Recht, über uns zu bestimmen, denn in Deiner Rechten hältst Du den Adler, das Zeichen der Sonne. Du hast den Himmelsvogel gezähmt und in Dein Wappen gesetzt. Im Zustand der Liebe hast Du die Sonne umarmt. Und sie hat Dich nicht verbrannt, sondern zur Herrscherin gemacht. Lange ist es her, aber durch Deine Furchtlosigkeit wird es jeden Tag von neuem gültig.

Und so sitzt Du seit immer, wie Maitreya, der Buddha der Zukunft, zum Aufstehen bereit, zum Zeichen, dass dieser Thron ein geliehener ist. Deine Füße sind fest verankert, zum Zeichen, dass Dein Sitzen glückselig ist. Und so schaffst Du uns Hoffnung und Zukunft und Sein.

Ina flüchtete, aber sie kam nicht weit. Denn schon am nächsten Morgen, auf dem Flughafen von Katmandu, holte der dunkle, fragende Blick sie wieder ein.

Sie stand schon seit mehr als einer halben Stunde in der Warteschlange vor dem Check-in-Schalter, den prallen Rucksack an ihre Beine gelehnt. Lange Zeit bewegte sich nichts und die Touristen mit ihren schweren Seesäcken,

Rucksäcken und Zelten zappelten auf der Stelle unruhig hin und her, nicht daran gewöhnt, dass man sie warten ließ wie Vieh. Sie schoben ihre Gepäckstücke ungeduldig zentimeterweise voran, in der vergeblichen Hoffnung, dass sich die Schlange vorne bewegen würde, wenn sie hinten Druck aufsetzten. Und so wurde das Stehen immer enger und beschwerlicher. Ina war eingeklemmt, denn von hinten wurde gedrückt, aber der breite Rücken vor ihr stand fest und bewegte sich nicht. Der Mann las in einem Taschenbuch und nahm offensichtlich nichts wahr von dem Gedränge.

Ina studierte seinen Nacken, der muskulös und etwas breit war und leicht gebräunt. Am Haaransatz kringelten sich ein paar runde Locken. Darüber wellte sich dichtes Haar, das sich nur gerade vom Haarwirbel her leicht zu lichten begann. Das Leder der Jacke war fein genarbt und schien von guter Qualität zu sein. Ein Duft von Rasierwasser und Sauberkeit ging von dem Mann aus, obwohl es in der Abflughalle schon langsam warm und stickig wurde.

Ina wartete geduldig. Wer im Osten in Eile war, machte sich unweigerlich unglücklich. Diese Lektion hatte sie schnell gelernt. Darum sah sie ohne jede Unruhe, wie die Schlange hinter ihr länger und länger wurde und sich schließlich in Kurven legen musste, um für alle Passagiere Platz zu schaffen. An der Abfertigungstheke taten drei grünuniformierte Nepalesen ungeheuer beschäftigt, aber noch immer bewegte sich nichts. Nach einer weiteren halben Stunde, endlich, begann die Abfertigung. Inas Vordermann klappte sein Buch zusammen und schob seine Reisetasche um einen halben Meter vorwärts. Dann las er weiter.

Wieder verging viel Zeit, in der sich die Warteschlange schrittweise vorwärts bewegte. In der Nähe des Schalters kramte der Mann vor Ina sein Ticket und den Pass aus seiner Reisetasche. Dieser war von der gleichen Farbe wie

Inas Pass. Ein Landsmann, registrierte sie. Und dann passierte das Malheur: Sie schob ihren Rucksack ein wenig zu heftig weiter, dieser kippte und fiel unsanft in die Waden ihres Vordermannes. Sie entschuldigte sich erschrocken und er drehte sich um. Und da traf sie, wie ein unerwarteter Schlag, erneut dieser Blick, der sie gestern in Shantipur so erschreckt hatte. Doch diesmal war es kein Gemälde. Zwei dunkle, lebendige Augen sahen sie an. Und wieder traf es sie bis ins innerste Mark. Sie wollte weg, nichts als weg, um keinen Preis hier sein und diese Augen auf sich fühlen.

Doch Ina reagierte nicht. Das war das Zweite, was sie auf ihrer langen Reise durch fremde Kulturen gelernt hatte: Das Gesicht zu wahren. Keine Unsicherheit zeigen. Sich nichts anmerken lassen. Sie lächelte schief und entschuldigte sich noch einmal. Und der Mann lächelte ebenfalls und drehte ihr wieder den Rücken zu.

Der Zwischenfall war erledigt. Aber in Ina hatte etwas zu glimmen begonnen und eine Art Schwelbrand fing nun an, sich unaufhaltsam durch ihre aufschreckte Seele zu fressen. Der Blick vom dunklen Wandgemälde des Tempels war der erste Auslöser gewesen. Er hatte sie an einer Stelle getroffen, die sich auch jetzt wieder heftig und schmerzhaft regte. Es brannte und schmerzte. Es klopfte, wie eine leichte Infektion. Was war das? Was war an diesem Blick anders, als dass er dunkel und sehr lebendig war? Nichts. Es waren braune Augen, die in wachem Interesse schauten. Nichts weiter.

Ina ließ sich nichts anmerken. Fühlen, ja, aber zeigen, nein. Sie konzentrierte sich auf die Abfertigung, beobachtete, wie Koffer und Säcke auf die Waage gewuchtet und ungeschickt mit Etiketten bestückt wurden. Sie sah zu, wie die Beamten mit komplizierter Kringelschrift Dokumente ausfüllten. Und dann reichte sie den Uniformierten ihre Papiere und erhielt ihre Bordkarte. Ihr Rucksack war durchleuchtet und auf dem Förderband verschwunden, sehr gut, er würde mitfliegen (auch das hatte sie gelernt: darauf zu achten, dass ihr Gepäck wirklich mitflog). Und dann ging sie die Treppe hinauf, durch die Passkontrolle hindurch und in den Warteraum. Erschöpft ließ sie sich beim Fenster auf einen Stuhl fallen. Sie schloss die Augen, wollte nichts sehen. Und schon gar nicht den Mann mit dem dunklen Blick.

Die Geräusche der Wartehalle waberten um sie herum, Zigarettenrauch drang von irgendwo in ihre Nase, und vom Fenster in ihrem Rücken quoll Hitze, die sie wie eine feste Masse zu berühren schien. Sie ließ alles über sich ergehen und blieb in sich versunken, nur auf den Aufruf aus dem Lautsprecher wartend.

Als der Flug nach Lhasa aufgerufen wurde, ging sie als eine der ersten durch die Glastür aufs Flugfeld, an ein paar Blumentöpfen mit halb vertrockneten Ringelblumen vorbei. Obwohl das Flugzeug ganz in der Nähe stand, musste sie in den heißen Bus steigen und warten, bis sich alle andern Passagiere dazugesellt hatten.

Die Hostessen an der Flugzeugtüre lächelten ihr Willkommen so künstlich wie chinesische Puppen. Ina kletterte schnell die steile Treppe hoch und nickte ihnen zu. Und als ob ihre Eile etwas bewirken und beschleunigen würde, stürzte sie sich auf ihren Fensterplatz, direkt über der Tragfläche. Schnell schloss sie die Augen. Sie hatte das Bedürfnis, sich zu verstecken, so zu tun, als ob sie nicht da wäre. Aber sie wusste, dass es nichts nützte. Sie spürte, dass sie keine Chance hatte. Und tatsächlich, nun bewegte sich ihr Sitz, es rüttelte leicht, es gab ein Geschiebe und die dazugehörenden Geräusche. Dann stieg ihr der Duft des Rasierwassers in die Nase. Sie hatte es geahnt, ja sie hatte es gewusst, dass es so kommen würde.

„Geht es?" Sie lächelte zuvorkommend zu dem Mann hin, Englisch sprechend. Nun sah sie auch, dass er ein breites Gesicht mit einem wohlgestutzten Bart hatte. Er nickte bestätigend zurück, ebenfalls freundlich, und versorgte sein Handgepäck über ihrem Kopf. Ina wendete sich weg und schaute zum Fenster hinaus. In der Ferne war der große Stupa von Bodhnath gerade noch auszumachen. Der Mann setzte sich.

„Sind Sie auch allein unterwegs?", fragte er, als ihm Ina schließlich die Gelegenheit gab, und sie fand diese Frage weder aufdringlich noch unpassend, denn tatsächlich reisten die meisten Touristen in klar erkennbaren Gruppierungen, sich laut untereinander unterhaltend und lachend.

„Ja, ja," sagte Ina, „ich wollte schon immer mal nach Tibet."

„So ganz alleine?"

„Ich reise fast immer allein."

„Ich auch, aber eigentlich mag ich es nicht besonders. Diesmal nicht", es klang wieder nicht aufdringlich. Er schien einfach zu erzählen, wie alles war. Ina sah ihn interessiert an. Sie hatte den Schmerz und den Schrecken vergessen.

„Ich bin zu dieser Reise gekommen wie ein Hund zum Tritt." Und dann erzählte Karl, wie oft er geschäftlich reise, und wie er es liebe, nach Italien zu fahren, und dass ihn nur der Zufall und sein Freund Heinrich nach Asien gebracht hätten, und dass es ihm eigentlich ein bisschen unbehaglich sei dabei, weil er gar nicht wisse, auf was er sich da einlasse. Karl tat sich ganz offensichtlich leid.

„Vielleicht ist es Schicksal." Ina sagte das ganz trocken und ohne jeden Nebengedanken. „Übrigens: ich bin auch aus Deutschland." Und dann stellten sie fest, dass er aus dem Norden kam und sie aus dem Süden. Und dann verstummte das Gespräch, denn die Hostess bot nun Zeitschriften an und sowohl Karl wie Ina waren interessiert an den rotchinesischen Journalen.

Der Start zögerte sich hinaus. Es wurde stickig und heiß im Flugzeug, so dass sie beide aufatmeten, als endlich die Ventilation zu blasen begann. Aber die Freude währte nur kurz, denn aus der Lüftung direkt über Ina quoll plötzlich

Rauch und schwarze Aschefetzen flogen heraus und schwebten durch die Kabine.

„Kommen Sie weg hier!" Karl sprach eindringlich und riss Ina vom Sitz hoch, was diese etwas hysterisch und unnötig fand, aber sie folgte ihm nach hinten, wo noch eine Luke des Flugzeugs offen stand. Dort hatten sich auch die puppenhaften Hostessen versammelt, die gerade erst gemerkt hatten, dass etwas nicht stimmte und sich unschlüssig waren, was dies wohl bedeutete. Als der Rauch immer dichter wurde, hielten sie sich feuchte Frottiertüchlein vor die Nase, die sie, nach asiatischer Sitte, vorher den Passagieren zur Erfrischung gereicht hatten.

„Dieses elektrische Isoliermaterial kann ziemlich giftig sein, wenn es brennt", murmelte Karl in Inas Ohr und schob sie so nahe wie möglich an die Luke und an die frische Luft, und das fand Ina nun doch sehr fürsorglich und sie war ihm dankbar.

Nach einem Augenblick totaler Lähmung war nun auch Leben in die anderen Passagiere gekommen und die männliche Belegschaft des Flugzeugs rannte aufgeregt hin und her und öffnete sämtliche Türen. Einige Passagiere waren nach hinten zu den Hostessen und Karl und Ina gestoßen, andere blieben noch immer wie angewurzelt sitzen. Ina staunte, wie hilflos sie alle waren. Ganz offensichtlich konnte niemand abschätzten, wie groß die Gefahr war, und niemand handelte. Dann ging das Gerücht um: „Es ist gar nicht unser Flugzeug, das brennt, es ist ein Auto nebenan." Und alle nahmen diese Meldung dankbar und erleichtert auf, auch Ina, bis Karl ihr ins Ohr murmelte: „Alles Blödsinn, da ist gar kein Auto." Und tatsächlich, er hatte Recht. Ina leistete ihm innerlich Abbitte, dass sie ihn hysterisch gefunden hatte.

Dann bat man die Passagiere zurück in die Wartehalle, während das Flugzeug überprüft und repariert werden sollte. Und in den vielen Stunden, während sie dort saßen, erzählte Ina Karl von ihren Reisen. Und Karl erzählte Ina, dass er nicht recht wisse, was er hier tue. Zwar hatte er einiges über Buddhismus gelesen und er war an der Kunst der Mandalas interessiert. Aber eigentlich wollte er es gar nicht so genau wissen. Es war wirklich Heinrich und den Umständen zu verdanken, dass er hier war.

Und dann kam die Nachricht durch die Lautsprecher, dass sie alle zurück in die Stadt müssten. Der Flug war auf den nächsten Tag verschoben.

„Wir kommen nur über Umwege nach Lhasa", sagte Karl mit Galgenhumor.

Und Ina antwortete: „Manchmal sind die verschnörkelten Wege die direktesten."

Ein Hotel war für die Passagiere reserviert. Aber nun mussten die Vouchers ausgestellt werden und das ging von Hand und sehr, sehr langsam. Und das bereits im Flugzeug verstaute Gepäck musste ausgeladen und sortiert werden. Wieder warteten sie lange Zeit im Bus bis sie endlich zu einem sehr eleganten Hotel gefahren wurden. Ina hatte schon lange nicht mehr so luxuriös gewohnt. Sie spazierte im geräumigen Zimmer hin und her und genoss den dicken Teppich unter ihren nackten Füßen. Danach inspizierte sie die Minibar und genehmigte sich einen kühlen Saft. Und schließlich stürzte sie sich in ein ausgiebiges Badevergnügen voll dampfender Wärme und Schaum.

Sie traf Karl beim Nachtessen wieder, unumgänglich natürlich, denn für alle Flugpassagiere wurde zur gleichen Zeit und am gleichen Ort serviert. Sie aßen am selben Tisch und gingen danach ganz selbstverständlich zusammen in den Garten hinaus. Beim Swimmingpool blühten Gardenien, die einen überwältigenden Duft verströmten. Die Geräusche der Stadt drangen gedämpft durch die Hecken, und der Mond hing wie eine Alabasterkugel in den riesigen Wedeln einer Palme. Ina und Karl wurden plötzlich still und auf seltsame Weise beklommen. Und dann tat Ina etwas, was sie in ihrem ganzen Leben noch nie getan hatte: Sie nahm Karl bei der Hand und zog ihn fort.

„Sag kein Wort", flüsterte sie. „Tu einfach, was ich Dir sage".

Und Karl folgte ihr wie ein Sklave.

4 Der Kaiser

Ach, Ihr Männer! Könnt Ihr denn niemals ernsthaft sein? Je schwächer Ihr Euch fühlt, desto breitbeiniger kommt Ihr daher, als ob Ihr eben vom Pferd gestiegen wärt, schreitet Ihr, Cowboys oder Ritter, die nach vollbrachter Heldentat zurückkehren, stolz und kein bisschen müde, stark und in aufrechtem Gang. Und wenn Ihr die Macht habt, so wie Du, Kaiser, dann setzt Ihr Euch locker hin, schlagt die Beine spielerisch übereinander und tut so, als ob gar nichts dabei wäre.

Belastet es Dich denn nicht, dass Du über Wohl und Leben aller zu entscheiden hast? Dass Tausende, mit gefährlichsten Waffen ausgerüstete Männer unter Deinem Kommando stehen? Dass Gnadengesuche von zum Tode Verurteilten auf Deinem Schreibtisch warten? Wie kannst Du nur Deine Hand so untätig und genussvoll in den Gürtel stecken? Du bist so zufrieden mit Dir! Dabei musstest Du doch einige schmutzige Geschäfte erledigen, um an die Position zu gelangen, wo Du jetzt bist.

Du genießt Deine Macht. Mir scheint, dass Du wohlig Deinen Bauch unter Dir atmen spürst. Du fühlst Dich so sicher, stark und Deiner selbst gewiss. Dagegen ist eigentlich nichts zu sagen. Du darfst gerne stark sein. Ich glaube sogar, dass Du gütig bist. Dein Bart und Dein Haar kräuseln sich lieb, Deine Nase ist dick und gemütlich und Deine Augen sind groß und blicken freundlich. Aber: Du bist mir einfach nicht ernsthaft genug!

Was soll der fein verzierte Rokoko-Stuhl? Er zeigt mir, dass Du an einen Hof und eine Welt und an eine Zeit gebunden bist. Was soll der dicke Stein auf Deiner Brust? Es ist doch kindisch, seinen Reichtum und seine Macht so zur Schau zu stellen. Und Deinen Schild mit dem Zeichen des Himmels! Den hast Du auf die Erde gestellt und guckst nicht mehr hin.

Kaiser, Du bist das Gesetz. Kaiser, Du hast alle Macht über die Welt. Aber Du kennst sie nicht, weil Du Dich nicht kennst. Das wird sich rächen. Wie kann einer herrschen, der sich selbst nicht beherrscht? Du fühlst Dich zu sicher, Du fühlst Dich zu stark! Das nenne ich Eitelkeit. Wer Dich im Spiel hat, muss sich vor sich hüten!

Karl lag auf dem Bett. Die Augen hielt er geschlossen, wie Ina es befohlen hatte. Und er genoss es, ihre Lippen an seinem Hals zu spüren und zu verfolgen, wie sie sein Hemd aufknöpfte, langsam, Knopf um Knopf. Gleichzeitig dachte er nach. Noch nie war er von einer Frau so schnörkellos, ja fast brutal, abgeschleppt worden. Er hielt Ina für eine Abenteurerin, vielleicht eine Nymphomanin. Eine aufregende Frau gewiss, doch eine, der man nicht wirklich trauen konnte. Vielleicht verdiente sie sogar Verachtung. Karl fühlte sich irgendwie überlegen, dass er sich auf Ina und dieses Abenteuer einließ, dass er ihr die Macht gab, über ihn zu bestimmen. Scheinbar nur, sagte er sich, denn er würde auf alle Fälle die Kontrolle zu behalten wissen. Er bestätigte sich, dass er die Situation fest im Griff habe, entspannte sich und überließ sich ihren Händen.

Diese betasteten ihn mit Fingerkuppen, die sich gleichzeitig samtig und elektrisch anfühlten. Sie glitten jetzt über seinen Körper und schienen mit absoluter Sicherheit zu wissen, wo dieser gerade berührt sein wollte. Und sie versorgten ihn mit genau dem Druck und der Reibung, die Karls Haut von ihnen verlangte. Gegen seinen Willen wurde er nachgiebig: Sein Körper übernahm die Führung und wuchs ungefragt den prickelnden Berührungen entgegen; alles weitete sich und kam ins Fließen und streckte sich verlangend diesen zärtlichen Fingern entgegen. Etwas Wildes, Sehnsüchtiges und Tieftrauriges wurde wach und dehnte sich und nahm alle Formen der Lust und des

Schmerzes an. In Karl bewegte sich etwas, von dem er bisher nicht gewusst hatte, dass es in ihm lebte. Oder dass er es war. Oder falls er es jemals gewusst hatte, dann war es seit langem vergessen.

Ina hatte sich und Karl inzwischen aus den Kleidern geschält. Zart fuhr sie mit den Spitzen ihrer Brüste seinen Körper entlang. Noch immer beharrte sie darauf, dass er passiv liegen blieb und wehrte seine Hände ab, wenn immer diese nach ihr langten. Und Karl glitt mehr und mehr in das passive Genießen. Er war zu hingerissen, um zu seufzen, er verfolgte jede ihrer Regungen mit angespannter Aufmerksamkeit. Eine seltsame Klarheit ergriff ihn. Er fühlte Wünsche aufsteigen und erlebte sie gleichzeitig als erfüllt. Er verlor sich in diesem Wohlsein.

Er fühlte aber auch Verwirrung. Er war kein Mann, der sich manipulieren ließ. Und nun lag er hier, mit geschlossenen Augen und mit offenen Armen, und hielt so still, als ob er gefesselt wäre. Wie ein Blitz fuhr mit einem Mal der Gedanke durch ihn, dass er sich nicht wehren könnte, falls Ina ihn umbringen wollte. Der Zauber zerbrach einen Augenblick lang. Aber dann ergab er sich auch in diesen Gedanken. Nichts Schlimmes konnte geschehen, das fühlte er einfach. Und er dachte daran, wie anders alles war als sonst, wie selbstverständlich. Sonst war die Liebe immer auch anstrengend, weil er als Mann versuchen musste, das Richtige für die Frau zu tun. Er war jeweils so sehr mit seiner Partnerin beschäftigt, dass er sich vergaß. Und so wusste er tatsächlich nicht, was er beim Lieben eigentlich fühlte.

Die raue Bettdecke kratzte seinen Rücken. Inas Lippen waren inzwischen an seiner Eichel. Jetzt konnte er fast nicht mehr stillhalten. Doch biss sie nun mit spitzen, kleinen Zähnen sanft zu und jagte ihm Wellen von Furcht und Lustschauer durch den Körper. Alles wurde ihm plötzlich fast zu viel. Doch sie spürte es und ließ von ihm ab. Es wurde still und ruhig. Karl war in Versuchung, die

Augen zu öffnen. Aber er wollte die Spielregeln nicht verletzen und drückte seine Lider fest zusammen. Der Augenblick dehnte sich und verwandelte sich in eine gleichzeitig angstvolle und gierige Sehnsucht, die ihn zersprengen wollte. Dann endlich spürte er Ina über sich. Sie glitt im Zeitlupentempo über sein Glied. Jetzt war Karl in Ekstase. Doch sie gönnte ihm nur für einen kurzen Moment das gute Gefühl, endlich angekommen zu sein. Sie zog ihren Körper abrupt zurück. Und wieder öffnete sich die unerträgliche Leere. Und nun trieb Ina dieses Spiel bis Karl die Beherrschung verlor. In halb bewusstloser Raserei packte er sie mit mächtigen, befehlenden Griffen. Und diesmal fügte sie sich. Selber fließend geworden, überließ sie sich nun der Liebeswut. Und wie ein Steppenbrand, der unter wilden Böen gleichzeitig überall aufflammt und lodert, so fielen sie übereinander her oder ineinander hinein oder hinaus aus der Welt. Es gab keine Zeit mehr.

Nach ihrer Rückkehr lagen sie minutenlang keuchend da, erstaunt die Decke betrachtend, nass vom Schweiß, auseinander gefallen, sich nur an den Händen berührend. Als sich ihr Atem endlich beruhigt hatte und in tiefen, gleichzeitigen Zügen aus ihren Lungen strömte, nahm Ina Karls Hand, führte sie an ihre Lippen, küsste sie zärtlich außen und innen und zwischen den Fingern. Karl war zu müde, um sich zu regen und ließ alles geschehen. Schließlich flüsterte Ina:

„Nun musst Du aber gehen, Karl."

Karl, der nicht wusste, ob er beleidigt oder erleichtert sein sollte, suchte verwirrt seine Kleider zusammen, während Ina mit geschlossenen Augen nackt und bewegungslos auf dem Bett liegen blieb, ausgestreckt und mit gekreuzten Armen auf der Brust, wie eine Leiche.

Dann war er angezogen und konnte sich nicht entscheiden, ob und wie er sich von der reglosen Ina verabschieden sollte. Er wäre am liebsten ohne Gruß hinaus gehuscht, aber dann brachte er es doch nicht übers Herz.

„Ich gehe jetzt." Er flüsterte es nur und berührte sie an der Wange.

Sie nickte mit geschlossenen Augen. Und Karl, der plötzlich sah, dass ihr langer, weißer Körper sehr schön war, betrachtete sie noch einmal fast gierig. Eine Hitzewelle ging durch ihn und er hätte sich am liebsten noch einmal auf sie geworfen. Doch er ging. Das Türschloss schnappte einen letzten Laut in die Stille.

Am nächsten Morgen um fünf wurden alle Passagiere des Lhasa-Fluges telefonisch geweckt. Das Frühstück wurde auf die Zimmer serviert und um sieben mussten sich alle im Bus vor dem Hotel einfinden.

Als Karl den Bus betrat, sah er Ina mit geschlossenen Augen am Fenster sitzen. Der Platz neben ihr war bereits besetzt. Und eigentlich war ihm das recht, denn er wusste nicht, welche Art von Begrüßung in dieser Situation angebracht wäre. Als er an ihrer Sitzreihe vorbei ging, öffnete sie die Lider und nickte ihm unmerklich zu. Ein freundlicher, aber neutraler, blaugrauer Blick traf ihn. Es tat ihm weh. Er hätte sich Verbindlichkeit und vielleicht sogar etwas Verschwörung in ihren Augen gewünscht. Aber er gab dies nicht einmal vor sich selber zu.

Nach der Fahrt zum Flughafen durch einen kühlen, blassgrauen Morgen, kam wieder das Warten und Herumstehen in der Abflughalle, obwohl diesmal alles verhältnismäßig zügig ablief. Ina hatte sich irgendwo in der Menge verloren. Offensichtlich suchte sie keinen Kontakt. Dies verunsicherte Karl. Hatte er etwas verkehrt gemacht?

Als er am Zoll vorbei die Wartehalle betrat, saß sie bereits da, nahe am Ausgang, merkwürdig in sich versunken. Karl sah sie von hinten. Sie hatte ihr langes, dunkelblondes Haar in einem lockeren Knoten hochgesteckt. Eine spießartige Nadel steckte darin, was ziemlich aggressiv und exotisch aussah.

Karl steuerte reflexartig auf sie zu. Unbewusst machte er sich groß und breit. Er setzte ein selbstsicheres Lächeln auf. Seine Stimme war sehr viel stärker als er sich fühlte.

„Guten Morgen! Gut geschlafen?"

Ina fuhr zusammen und schaute ihn an wie ein ertapptes Kind. Sie hatte einen dicken Bund Karten in der Hand und drei davon vor sich auf der Reisetasche ausgelegt. Sie schob sie hastig zusammen und ließ sie in der Reisetasche verschwinden. Dann sagte sie, in einer Mischung aus Gleichgültigkeit und Ablehnung: „Sehr, und Du?"

Karl setzte sich neben sie, seine Neugier war geweckt, aber er wagte nicht, sie nach den Karten zu fragen. Sie begannen ein gleichgültiges Gespräch über das unnötig frühe Wecken, das Frühstück, die Abfertigung, wie Zufallsbekannte, nichts weiter. Doch ganz selbstverständlich gingen sie zusammen zum Flugzeug, ganz selbstverständlich versorgte Karl Inas Tasche im Gepäckfach und ganz selbstverständlich setzte sich Karl auf den Sitz neben sie.

Wieder verteilten die chinesischen Hostessen dampfende Frottiertücher. Und als Karl sein Gesicht darin verbarg und die heiße Nässe auf seiner Haut fühlte, spürte er etwas wie einen Riss durch sich hindurchgehen. 'Es kann doch nicht sein', dachte er, 'dass wir nach dieser Nacht hier sitzen, als ob nichts gewesen wäre.' Aber es war so. Und Karl spürte plötzlich so etwas wie Angst, dass er alles nur geträumt haben könnte. Die Gewissheit war plötzlich ungewiss geworden.

Ina war offen und gesprächig, aber für Karl undurchschaubar. Sie bewunderte mit ihm das Massiv des Mount Everest, der sich unwirklich wie ein Monument aus den Wolken erhob, sie reichte ihm ihr Messer, damit er seinen Apfel schälen konnte, denn, so hatte sie praktisch und fürsorglich bemerkt: „Iss besser kein ungeschältes Obst."

Als Karl sie schließlich doch nach den Karten fragte, wich sie schnell aus: „Ich guckte nur schnell nach, ob es diesmal mit dem Flugzeug klappt", sagte sie und blitzte ihn frech an, „es ist nämlich die gleiche Maschine wie gestern. Hast Du es bemerkt?"

Er nickte und sagte spöttisch: „Na, und kommen wir an?"

„Ja", antwortete sie ohne Nachdruck, denn sie wollte offensichtlich nicht bei diesem Thema bleiben, „aber oben gibt es Schwierigkeiten." Aber Karl fragte nicht weiter nach, er gab gar nichts auf Wahrsagerei.

Dann erzählte sie ihm, dass sie nach Tibet flog, weil sie nach drei Monaten Nepal dringend verlassen musste, denn ihr Visum war abgelaufen, dass sie aber danach wieder nach Katmandu zurückkehren und versuchen wolle, eine Aufenthaltsgenehmigung zu erhalten. Sie sagte ihm, dass sie illegal in einem Hotel arbeite, verschwieg aber, dass sie die Nachmittage und Abende in einem buddhistischen Kloster in Meditation verbrachte. Sie erklärte nicht, wie und warum sie nach Nepal gekommen war und weshalb sie unbedingt dortbleiben wollte. Und sie erzählte nichts von dem Wandgemälde in Swayambhunath, dessen lebendiger, dunkler Blick sie so tief getroffen hatte, dass sie versuchen musste, ihn mit allen Mitteln zu neutralisieren, als sie ihn in Karl wieder traf. Ina zeigte Karl ihre Oberfläche und er war froh darüber, dass es nicht tiefer ging. Denn noch verteidigte er seine Position als Beherrscher der Situation. Aber es war abzusehen, dass dieses Land, das er nun bald betreten sollte, seine Unterwerfung fordern würde, wie das schon vielen vor ihm geschehen war.

Die komplizierten Einreiseprozeduren der Chinesen auf dem schäbigen Flughafen von Gongkar ließen sie angewidert und schweigend über sich ergehen, und dann verabschiedeten sie sich, denn Karl wollte ostwärts, zu den alten Königsgräbern fahren, während Ina sich direkt nach Lhasa aufmachte.

„Vielleicht sehen wir uns dort wieder", sagte sie leichthin. Sie verneigte sich leicht, mit dem weißen Glücksschal in den Händen, den ihr ihre tibetische Führerin eben übergeben hatte und bestieg den Wagen, der für sie bereit stand und sie in einer Staubwolke in die unbekannte Weite entführte, die sich vor dem Flughafengebäude auftat.

5 Der Papst

Ehrfurchtgebietend sitzt Du da, großer Lehrer. Und Deine Schüler verkümmern zu Zwergen vor Deinem Wissen. Vor zwei Säulen sitzt Du, die seit jeher die duale Welt der Erscheinungen symbolisieren, das heißt, Du bist von dieser Welt, aber Du reichst über sie hinaus in die andere. Du vermittelst zwischen dem Diesseits und dem Jenseits. Dies ist eine schwierige Aufgabe, und schwer ist die goldenen Mitra auf Deinem Kopf. Sie muss Dich fürchterlich belasten! Warum nur hat sie die Form eines Stupa? Steht sie, wie dieser, für ein Lehrgebäude, einen Weg zur Seligkeit?

Schwer stützt Du Dich auf Deinen Hirtenstock, mit dem bekreuzten Handschuh, dem Zeichen von Herrschaft und Macht. Du könntest ihn nach Belieben zum Fehdehandschuh umfunktionieren. Das ist Deine gefährliche Seite. Machen sie sich darum so klein vor Dir?

Als sie Dich auf diese Tarotkarte zeichneten, erhob die Kirche noch nicht den Anspruch, dass Du unfehlbar sein solltest. Die Möglichkeit, Dich zu irren, gibt Dir die nötige Menschlichkeit, die aus Deinem Blick spricht. Sie zeigt sich auch in Deiner nackten Rechten, mit der Du segnest. So zeigen Deine Hände die Gegensätze, die Dein Amt so schwierig machen: Mitleid und Macht.

Die Bücher sagen, Du stehst für die reine Lehre, für das Dogma, die Initiation und das Heilige. Das kommt daher, dass Du die Gegensätze in Dir vereinigt hast. Das ist Deine wahre Kraft. Und so lange Du diese Balance behältst, bleibst Du der Hohepriester, dem sich alle beugen.

Vielleicht knien auch Ina und Karl vor Dir? Mit dem Stab weist Du ihnen den Weg. Als ob sie Schafe wären, die nicht wählen können. Mit dem Finger des Jupiter und des Saturn segnest Du sie, im Namen des ersten Vaters und des Gesetzes, das befiehlt, dass keiner bleiben kann, was er ist. Und Dein Sein, Dein Mitleid und

Deine Macht versuchen ihnen zu helfen, der Angst, die das auslöst, standzuhalten.

Karl hatte als Junge Heinrich Harrer gelesen, der Wundersames aus dem Tibet der Vierzigerjahre zu berichten wusste. Und wie viele Europäer war er fasziniert vom Dach der Welt, von der Fremdartigkeit dieses Landes und seiner alten Kultur. Später gerieten ihm die Bücher des Lama Govinda in die Hände, und Karls Ahnungen waren mit den weißen Wolken davongeflogen, hinter Horizonte, die er nur zu vermuten wagte. Der junge Karl fing an, dieses Land zu lieben, ohne es je gesehen zu haben. Der Mythos von Shangri La, dem verborgenen Paradies, ergriff Besitz von ihm. Vielleicht brauchte er, wie viele andere, die Hoffnung, dass es irgendwo einen Ort gab, wo Weisheit und Barmherzigkeit regierten. Vielleicht beruhigte ihn die Vorstellung, dass es irgendwo ein Wissen gab, das alles erklären und jeden Schmerz stillen konnte. Waren es diese Relikte aus seiner Jugend, die nun Karls erwachsenes Herz wild klopfen machten, als er mit seinem Driver und seiner Guide dem Ufer des träge dahinfließenden Tsangpo entlang holperte? Oder war es einfach die ungewohnte Höhenlage? Jedenfalls war er angekommen, nun war er da. Und alles war genau so, wie er es sich vorgestellt hatte: Der Himmel war durchsichtig wie Glas und schien nichts zu wiegen. Die Landschaft war offen und leer. Und überall blitzte und glänzte es, selbst im staubigsten Staub. Denn wo immer sich ein Rinnsal schlängelte oder eine Pfütze sich dehnte, da war auch der Himmel, hellblau und silbern, und spiegelte sich rein und unbefleckt.

Und es gab viel von diesen zerstreuten, stehenden Gewässern. Die Talsohle war breit und nicht nur vom Fluss, sondern auch von vielen Kanälen durchzogen. Sie bewässerten Korn- und Gerstenfelder, die erstaunlich üppig grünten. Doch das waren immer nur begrenzte Gebiete rund um die Dörfer, danach wurde wieder alles kahl: Geschiebe, Sanddünen und braune Erdhügel bildeten karstige Landschaften, öde sich wiederholende Bilder: reine Wüste, gefleckt von den hellen Himmelsspiegeln in den Pfützen und im trägen Fluss. Dessen zarte Farben ließen in Karl einen seltsamen Klang ertönen. Sein Herz fühlte sich wund an, aber Karl schrieb dies der Höhenluft zu, denn immerhin war er hier auf weit über 3000 Metern über dem Meeresspiegel.

Die Straße war nur eine Sandpiste, aber gut gebaut. Karls Ingenieurblick konnte abschätzen, wie instabil die Unterlage war, und was es bedeutete, ein dauerhaftes Straßenbett in dieses Geschiebe zu legen. Darum ließ er sich ohne Murren schütteln und schaukeln und schaute unbeirrt auf die Bilder, die an seinen staubigen Fenstern vorbeiflossen: Das zarte Grün der Weiden, die mit kahlen Stämmen aus dem festgetretenen Lehm wuchsen und an den Dorfstraßen schüttere Alleen bildeten; die schlanken Frauen in ihren dunklen Trachten, die schwere Wasserkannen auf den Rücken und kleine Kinder an ihren Händen schleppten; die mageren Rinder und Yaks, die auf spärlicher Strohunterlage im Straßengraben lagen; kleine schwarze Schweine, die selbstmörderisch über die Straße sausten und nur knapp den Rädern von Karls vorbeipreschendem Wagen entgingen; Hunde, die in Rudeln herumstanden, schnupperten oder gierig Federvieh begafften, das sich zwischen den Beinen von Menschen und Rindern herumtrieb; Gruppen von Männern, Frauen und Kindern, die mit Schaufel und Holzrahmen Lehmziegel formten; Äcker, klein wie Handtücher und in tiefe Rillen gestreift, in die das spärliche Wasser geleitet wurde.

Männer waren beim Pflügen, ihre Yaks senkten beim Ziehen demütig die schweren Köpfe schüttelten den prächtigen, roten Haarschmuck. Saatgut und Dünger standen in Säcken an den Rändern der Felder. Und daneben kauerte, bündelförmig und ihnen gleich, ein dunkles Wesen, Mann oder Frau, und kochte über offenem Feuer im großen schwarzen Kessel das Wasser für den unvermeidlichen Tee. In den bereits bestellten Feldern bückten sich Frauen zum Jäten tief in die Furchen. Wie große schwarze Steine sahen sie aus, unbeweglich und kopflos in ihren dunklen Röcken.

Und dann verschwand wieder alles Farbige und wurde von der leeren Landschaft abgelöst. Braun und grau, schottrige Hügel, trocken, manchmal mit weißem Sand bepudert bis hoch in die Bergspitzen hinauf.

Karl hatte Durst und fragte seine Führerin, ob sie nicht in einem Teehaus anhalten könnten. Penpa war eine hübsche kleine Tibeterin mit fröhlichen Kugelaugen und hüftlangem, schwarzen Haar, das sie verknotet und hochgesteckt trug. Doch ihr Haar war so schwer, dass der Knoten ständig verrutschte. Das Schütteln des Wagens trug das seine dazu bei und so lag Penpa in einem nicht endenwollenden Kampf gegen die Auflösung ihrer Frisur. Karl wartete bereits mit einer gewissen Spannung auf den Moment, wo es wieder so weit war und ihre kleinen geschickten Hände nach hinten kamen, nach den dicken Strähnen griffen, sie zusammenfassten und sie zu einem neuen Knoten drehten, der, kaum waren die Hände verschwunden, schon wieder ins Rutschen geriet. Penpa hatte vier Jahre lang in Abendkursen Englisch gelernt und war nun glücklich, den begehrten Beruf einer Fremdenführerin ausüben zu können. „Meine Familie sagt, ich hätte viel Glück", erzählte sie Karl, „weil ich immer wieder in alle Klöster und Tempel reisen und alle unsere heiligen Stätten besuchen kann." Nach tibetischem Glauben schaffte sie sich dadurch ein günstiges Karma und damit eine glückliche Wiedergeburt.

Penpa hieß Samstag. Das war der Name, den sie vom Tag erhalten hatte, an dem sie vor 25 Jahren geboren worden war. Sie wandte sich mit Karls Bitte an Tashi, den

Chauffeur. Dieser war ebenfalls noch sehr jung. Er hatte ein offenes Gesicht mit schwarzglänzendem, seitlich gescheiteltem Haar. Er sprach kein Englisch und so benützte Penpa ihre Sprache, die ungewohnt und fröhlich klang – wie das Kullern von bunten Glaskugeln empfand Karl ihre Rede. Die beiden sprachen frei, betonten gelegentlich einzelne Silben so, dass sie aus dem Redeschwall herausfielen, dabei lachten sie viel und schienen sich glänzend zu unterhalten.

Schließlich wandte sich Tashi nach hinten zu Karl und blitzte ihn mit zufriedenem Lachen an. „Er liebt Tee", sagte Penpa kommentierend. Und Karl war froh, dass sein Durst ihm geholfen hatte, das Eis zwischen sich und den beiden jungen Leuten zu brechen, die ihn bisher eher distanziert behandelt hatten.

Als sie im nächsten Dorf anhielten und ein kleines, dunkles Haus betraten, das zwischen zwei großen Kieshaufen fast nicht zu sehen war, begriff Karl, dass sein Wunsch eher ungewöhnlich sein musste, denn er wurde von den anwesenden Dörflern heftig, aber freundlich, bestaunt. Er wiederum wunderte sich über die Einfachheit der Einrichtung, über die roh gezimmerten Bänke, den unebenen Lehmboden, und die vielen Hunde, die zusammengerollt unter den Tischen und in den Ecken schliefen.

Es gab Milchtee, der so stark gesüßt war, dass er Karl fast in der Kehle stecken blieb. Aber er genoss es doch sehr, seinen von der Höhenluft vertrockneten Hals befeuchten zu können. Penpa bezahlte, denn Karl hatte noch kein chinesisches Geld.

Nach zwei weiteren Stunden mühsamer Fahrt über die holprige Piste, nach Flusslandschaft und immer gleichen, ärmlichen Dörfern, erreichten sie schließlich die Provinzstadt Dsedang. Die Piste wurde zur asphaltierten Straße, die sich in einen ausladenden Boulevard verwandelte, der von kurzen, buschigen Pappeln gesäumt war, deren Blätter weiße Unterseiten hatten, die aufblitzten, als sie im Winde fächelten. Auf dem breiten, mit Steinplatten belegten Gehweg flanierten Mengen von Menschen, die ganz offensichtlich ihren Feierabend genossen. Chinesen und Tibeter verschiedener Stämme vermischten sich. Aufgeputzte junge Mädchen zeigten stolz ihre Aufmachung, manchmal in tuschelnden Gruppen vereint, manchmal begleitet von jungen Soldaten in grünen Uniformen. Dazwischen schleppten sich Arbeiter in farbloser Tracht nach Hause. Frauen mit kleinen Kindern blieben stehen und zeigten auf den vorbeifahrenden Wagen, der eine Staubwolke hinter sich aufwirbelte. Trotzdem winkten sie freundlich. Hinter dem Gehsteig lagen, nicht größer als Garagen, Reihen von Bars und kleinen Geschäften, in denen gelangweilte Händler hinter ihren Tresen saßen, Tee tranken und sich Zigaretten anzündeten oder in den Zähnen stocherten. Sie warteten auf Kunden, bekamen aber nur Sand in den Mund. Tashi fuhr wie immer zu schnell, lenkte den Wagen aber geschickt zwischen den tiefen Schlaglöchern hindurch, die dem Boulevard einiges von seiner Grandiosität nahmen. Und dann bogen sie plötzlich ein und verschwanden in einer stillen Hoteleinfahrt. Karl war angekommen. Eine mächtige, blankgebohnerte Hotelhalle empfing ihn, prächtig und schäbig zugleich, westlicher Komfort nach volkseigenem, chinesischem Geschmack.

Er musste stehenbleiben, als er die Treppe zu seinem Zimmer hinaufstieg, obwohl es nur eine Etage hoch ging. Die dünne Höhenluft verschlug ihm den Atem. Dann lag er auf dem Bett und wunderte sich, wo er war. Vor seinem Fenster rundeten sich die Berge, Fünftausender nicht eindrücklicher als Hügel. Sie türmten sich vor ihm auf und versperrten den Blick auf den fahlen Abendhimmel. Die Legende erzählt, dass es in diesen Hügeln war, wo Chenrezi, der erleuchtete Boddhisattwa Avalokiteshvara, freiwillig aus dem paradiesischen Jenseitszustand zurückkehrte. Aus Mitleid mit der Welt nahm er die Form eines roten Affen an und heiratete die grässliche, weiße Menschenfresserin Sinmo. Und aus diesem Akt des göttlichen Mitleids entstand das tibetische Volk. In diesem Bergen geschah es auch, dass der erste tibetische König sich an einem Faden vom Himmel herunter abseilte. Und darum galt diese Gegend als Wiege der tibetischen Kultur. Hier lagen auch die Grabstätten der ersten tibetischen Herrscherdynastien. Karl wollte sie am nächsten Tag besuchen.

Nun aber lag er im Halbschlaf und sah vor sich ein anderes Grab. Lang war es und schmal und offen, und in dem Sarg, der eben in den nassen, glänzenden Lehm hinein versenkt wurde, lag das Kostbarste seines Lebens. Damals meinte er sogar, sein Leben überhaupt. Er sah die herrlichen frischen Blumen vor sich, das wunderbare Sargbouquet, und die eine geknickte Rose darin, die vorzeitig gewelkt war. Er meinte noch jetzt ihren faden Duft zu riechen. Und dann hörte er das dumpfe Aufschlagen der ersten Erdklumpen, sah Dreck auf dem lackierten Holz. Wie lange hatten ihn diese Bilder und dieses Geräusch verfolgt, bis endlich alles verblasst war, bis ihm endlich eine stille, fast schmerzlose Ruhe vergönnt war. Und jetzt, in diesem Moment, in diesem Hotelzimmer erstand alles neu, und die Frische der erinnerten Blumen schob sich vor die braunen Schuttberge und der fade Geschmack des Sterbens erfüllte den Raum und überschwemmte Karl, der sich, bereits träumend, tonlos weinend freizuschwimmen versuchte und schließlich hilflos in einem entsetzlich tiefen Dunkel ertrank. Aber das wusste er bereits nicht mehr. Karl schlief.

6 Der Verliebte

Auf Deiner Karte herrscht fast ein Getümmel, aber Du scheinst nicht berührt davon. Mit prallen, nackten Beinen stehst Du da, spürst die Erde unter Dir und fühlst Dich stark. Deine Hand liegt ruhig am Gurt. Dir kommt kein Gedanke daran, dass Du Deine Fäuste vielleicht plötzlich zum Kampf freihaben müsstest.

Recht hast Du. Warum solltest Du kämpfen? Zwei Frauen reißen sich um Dich. Die eine ist schon unter der Haube, sie könnte tatsächlich Deine Mutter sein, wie manche Autoren behaupten. Vielleicht ist sie auch Deine Frau, die Dich zurückhalten will. Sie hält Dich an der Schulter fest. Da wird offensichtlich Druck ausgeübt.

Daneben die andere. Wie sanft sie ist, wie jung und niedlich, wie lockig das blonde Haar! Ihre weißen Ärmel deuten auf Reinheit und Unschuld. Und sie zeigt auf Dein Herz. Dass sie es auf Dich abgesehen hat, ist Dir sicher nicht unangenehm. Ein jeder möchte eine Frau wie sie haben. Aber Du schaust von ihr weg.

Du heißt der Verliebte, aber eigentlich kommt es mir eher so vor, als ob die Frauen die Verliebten wären. Beide langen nach Dir, Du brauchst nur zu wählen. So sagen es die Bücher und meinen, Deine Karte stehe für die Wahl, für eine Entscheidung, für den Weg, den einer einschlagen will. Ich aber möchte Dich warnen. Denn Cupido, der hinterlistige Gott mit den dicken Babyschenkeln, hängt über Dir, den Pfeil im Anschlag. Mit diesem Pfeil hat er schon die stärksten Götter zu Leidensfiguren gemacht, die sich, vor Sehnsucht wimmernd, im Elend wälzten. Und hier hat er sich sogar noch mit der Kraft der Sonne verbündet.

Wenn Dich sein Pfeil trifft, hast Du keine Wahl!

Karl fuhr mit seiner kleinen Reisegruppe nach Chongye. Dieses Tal war fruchtbar und reich bepflanzt, smaragdgrün vom jungen Getreide, das sich wie weiches Gras im Wind wellte. Schwer atmend hatte er die verschiedenen Hügel bestiegen, unter denen die einstigen tibetischen Könige begraben liegen. Die Gräber stammen aus dem letzten Jahrtausend und sind noch kaum erforscht. Karl hätte sie ohne Penpas Erklärungen für natürliche Anhöhen gehalten und nicht weiter beachtet, doch nun stand er erstaunt auf der Grabstatt des legendären König Songtsen Gampo. Dieser gilt als erster der großen Herrscher Tibets, ihm verdankt das Land die Einführung des Buddhismus. Er einte nicht nur die verschiedenen tibetischen Stämme, sondern versöhnte sich auch mit seinen Nachbarn, indem er eine Königstochter aus Nepal und eine Prinzessin aus China heiratete. Auf diese Prinzessin Wen Cheng beriefen sich die Chinesen, als sie 1950 das Land überrollten und behaupteten, Tibet sei schon immer eine Provinz Chinas gewesen.

Karl war sich dieser geschichtlichen Hintergründe bewusst, doch sie kümmerten ihn im Moment nicht besonders. Er genoss einfach die Aussicht auf das kahle Tal, dessen breite Sohle fast vollständig von einem ausgetrockneten Flussbett eingenommen wurde. Wieder fühlte er die Leere der Landschaft, doch diesmal schien sie bewegt zu sein. Ihm war, als ob von den Bergen ein mächtiger Strom von durchsichtiger, befreiender Luft herunterflösse, in ihn eindringen und ihn kühlen und reinigen wollte. Er spürte, dass dieser Strom ihn veränderte, dass etwas mit ihm geschah.

Gegenüber, am steilen Chingwa-Berg, lag die einstmals berühmte Festung der Gründerkönige und der Geburtsort des fünften Dalai Lama in Ruinen, zerstört durch die chinesischen Eroberer, die keinen Stein auf dem andern gelassen hatten. Sprengstoffe des zwanzigsten Jahrhunderts hatten in Sekunden pulverisiert, was während Jahrhunderten dem härtesten Klima getrotzt hatte. Hier in diesem klaren, harten Berglicht zeigte sich die Vergänglichkeit in ihrer ganzen, brutalen Unbarmherzigkeit. Kein Gras wuchs gnädig darüber und deckte Zerstörung mit weichen Polstern zu. Tausend Jahre Geschichte und danach nur noch Geröll. Karl wollte sich jedoch nicht berühren lassen. Es gab auf diesem Grabhügel einen tibetischen Tempel und den suchte er nun fast fluchtartig auf.

Er betrat eine Höhle: Die Dunkelheit verschluckte ihn.

Sie war fast mit Händen zu greifen. Und sie barg, verschwimmend im Düster, Unmengen von Gegenständen und Bildern: Statuen, Tücher, Fahnen, Tangka-Rollbilder, Gefäße und Kissen füllten und verstellten den kärglichen Raum. Es gab keinen leeren Fleck, und selbst die Luft war dick vom Räucherwerk und dem Qualm der Butterlampen. Karl konnte weder die Wände noch den Fußboden ausmachen und tappte vorsichtig über die Unebenheiten der gestampften Erde und die hohen Holzschwellen, welche die verschiedenen Kammern des Tempels voneinander trennten. Er erreichte einen kleinen Versammlungssaal, in den eine Spur Licht fiel, das den Hauptaltar beleuchtete. Und wie in allen tibetischen Tempeln fand sich hinter diesem Altar eine gangförmige Kapelle mit Statuen und weiteren Altären, die es den Gläubigen erlaubt, den Hauptaltar zu umrunden.

Karls Augen hatten sich inzwischen an das Dunkel gewöhnt und er sah sich interessiert um. Ein junger und ein alter Mönch zeigten ihm gleichmütig ihre Schätze. Vor den mit Heiligenlegenden bemalten und mit Tangkas behängten Wänden, saßen und standen fast lebensgroße, vergoldete Statuen von Religionsgründern, Königen und Ministern. Sie alle galten als Schöpfer der tibetischen Kultur und damit als Heilige. Die Figuren waren in reichen Brokat gehüllt und mit weißen Glücksschals umwickelt, auf ihren Knien lagen Münzen, Notengeld und Schüsseln voll Gerstenkörner. Große Fotos des Dalai Lama und des Panchen Lama hingen daneben, die Bilderrahmen vollgesteckt mit Postkarten und Schnappschüssen der zwei Hochverehrten. Touristen hatten sie wohl als milde Gabe hinterlassen. Große Butterlampen, in denen mehrere Dochte schwammen, warfen wenig, stark flackerndes Licht. Auf den Gesichtern der Statuen spielten tiefe Schatten, die den starren Zügen eine geheimnisvolle Lebendigkeit verliehen.

Penpa und Tashi bewegten sich gewandt durch das

Dunkel, verneigten sich anmutig vor den Skulpturen und legten Geld in die Opferschüsseln, auf die mit Schmuck und kleinen Votivgaben vermischten Gerste- und Reiskörner. Karl hätte es ihnen gerne gleichgetan, doch er genierte sich und stand steif daneben. Doch legte auch er einen Geldschein auf einen Altar, um den Mönchen seinen Respekt zu erweisen. Diese beobachteten ihn mit großen, müden Augen.

Draußen vor dem Tempel empfing ihn dann wie ein Schlag das helle, blendende Licht der tibetischen Sonne, und er erschrak wie zuvor, als ihn das Dunkel verschluckte. Inzwischen hatten sich Scharen von Dorfbewohnern, meist Frauen und Kinder, mit blanken Augen und nicht so blanken Gesichtern und Händen, versammelt. Sie boten Bergkristalle und Versteinerungen an. Stolz benützten sie ein paar englische Wortfetzen und zupften Karl an Ärmel und Jackensaum. Er war plötzlich von allen Seiten belagert und die freundliche und beharrliche Gruppe verfolgte jeden seiner Schritte handgreiflich und mit Zurufen. Ein kleiner Junge nahm Karl bei der Hand. Dieser mochte sich nicht wehren. Höchst zufrieden stolzierte der Kleine neben ihm, glücklich den Fremden für sich erobert zu haben. Karl allerdings fühlte sich bedrängt und wäre gerne verschwunden. Doch anmerken ließ er sich nichts. Er stieg geduldig neben dem Jungen die schmale Treppe den Hügel hinunter, darauf bedacht, der laufenden Nase seines kleinen Verehrers nicht zu nahe zu kommen. Unten verschanzte er sich schnell hinter den Türen seines Wagens. Er atmete auf. Endlich war er den klebrigen Händchen und der lebhaften Gruppe der Dorfbewohner entgangen.

Die nächste Station des Ausflugs war das Yarlung-Tal. Dort sollte Karl den Yambu besuchen, das älteste Gebäude Tibets. Diese Mischung aus Palast und Tempel hatte die Kulturrevolution zwar nicht überlebt, war nun aber in alter Pracht auf einem steilen Bergkamm neu erstanden.

Die Aussicht von diesem Felssporn aus war atemberaubend. Die grüne Talsohle lag schimmernd in einer Ebene, die sich zwischen kahlen, braunen Berghängen wie ein Flussbett schlängelte. Dörfer mit würfeligen Häusern lagen Braun in Braun fast unsichtbar im Schutt, nur Gebetsfähnchen und die schwarzen Yaks belebten das Bild mit kleinen Farbtupfern. Karl fühlte sich an afrikanische, arabische und mexikanische Dörfer erinnert. Oasendörfer aller Zeiten und der ganzen Welt schienen hier versammelt und zu seinen Füßen zu liegen, über Zeit und Distanz vereint. Übereinstimmung und Ähnlichkeit. Karl genoss den Blick in die weite Landschaft. Still war sie und unscheinbar. Und schien doch ewig und ewig lebendig. Würziger Geruch von Räucherwerk drang von irgendwoher in seine Nase.

Grobe unregelmäßige Steintreppen führten unter buntbemalten, geschmückten Türstürzen ins Gebäude, in dem sich das Licht in glänzend gefirnissten, reich bemalten Wänden spiegelte. Der Raum strahlte die gleiche Zeitlosigkeit aus wie die Landschaft draußen. Karl wurde noch stiller. Hier herrschte Frieden. Und in ihm ruhten die alten Heiligen und Könige Tibets auf ihren Altären, die auch hier mit reichhaltigen Opfergaben vollgestellt waren. Yambu ist berühmt für eine Sandelholz-Statue von Chenrezi, die als besonders wohltätig gilt. Dieser Boddhisattwa des Mitleids hat sich, nach tibetischem Glauben, in unserer Zeit im Dalai Lama verkörpert. Doch auch auf die Mönche, die Karl und seine Begleiter herumführten, hatte sich Chenrezis Mitleid übertragen. Sie blickten mit warmen, freundlichen Augen und Karl wünschte sich, sie würden ihm ein winziges Stückchen von ihrer Wärme zufließen lassen. Denn hier, im gütigen Frieden dieses Raumes und in der Klarheit der Luft fühlte er mit einem Anflug von Verzweiflung, dass er sich nicht öffnen konnte. Durchsichtigkeit und Leere galten nicht für ihn. Es gab zu viel Dunkles und Schweres, das sich in ihm verkrustet hatte. Zum ersten Mal spürte er diese Schwere bewusst. Die Last machte ihn hilflos und beklommen. Er verstand seine Gefühl nicht. Er fühlte sich ausgeliefert. Doch schnell lenkte er sich ab. Er trieb seine Führerin und seinen Fahrer zur Eile an. Denn schließlich gab es noch viel zu sehen.

Und so zogen sie in den nächsten Tagen weiter durch die immer gleichen leeren Landschaften und die ähnlichen überfüllten Klöster. In den Nächten voller Sterngirlanden saß Karl jeweils am Fenster und versuchte, Frieden und Stille in sich zu spüren. Doch es misslang. Die dumpfe Angst und die Beklommenheit ließen sich nicht vertreiben. Etwas fraß an ihm. Er schlief unruhig und schlecht, schrieb es aber der Höhe zu. Und kaum war er erwacht, stürzte er sich zur Ablenkung in neue Besichtigungen. Noch mehr Landschaften, gelegentlich exotische Pilgerfiguren. Frühlingsgrüne Trauerweiden, mit Blättern zart wie Frauenhaar. Penpas schwarze Haarsträhnen und ihre lachenden Augen. Hellblauer Himmel ohne Ende und Staub: Weißer Puder überall, auf seinen Schuhen, auf der Jacke des Fahrers. Knirschen zwischen den Zähnen. Staubwolken hinter den Lastwagen, die sie kreuzten. Sandfontänen, wenn der Wind über Berghänge fegte. Karl klammerte sich an jeden Eindruck, den ihm der Tag bot. Alles war ihm recht, um seinem dumpfen Schmerz zu entgehen.

Dann, am fünften Tag, endlich neue Bilder, eine neue Welt. Sie überquerten den breiten, trägen Tsangpo um nach Samye, dem ältesten Kloster Tibets zu gelangen. Karl saß eingeklemmt auf der Fähre, zwischen farbigem Pilgervolk, das sich mit den abenteuerlichsten Kopfbedeckungen vor der unerbittlichen Sonne schützte. Die laute, fröhliche Schar bildete einen seltsamen Kontrast zum stillen Wasserspiegel, der wie gefroren dalag und die braunschattierten Bilder der umliegenden Berge makellos reflektierte. Die Fahrt auf dem trägen, von vielen Sandbänken gebremsten Wasser, dauerte lange eineinhalb Stunden, die die Pilger plaudernd und betend verbrachten. Nur ein kleines Kind schrie, bis es zu trinken bekam, und ein junges Mädchen bespritzte seine Kameraden mutwillig mit Flusswasser. Der Motor tuckerte und stieß Wolken von Dieselgestank in die klare Luft. Karl spürte den Wind im Bart. Er fühlte sich wohl zwischen diesen Menschen. Doch die dunkle Schwermut hörte nicht auf, ihn zu bedrücken. Sie lag auf ihm und behinderte seinen Atem. Gleichzeitig trieb ihn ein Gefühl von Dringlichkeit vorwärts auf ein unbekanntes Ziel zu. Karl fühlte sich zerrissen zwischen Hast und klebriger Bedrücktheit. Und seine Scherze, die er gelegentlich mutig versuchte, hüpften wie Kiesel, die man übers Wasser wirft, sinnlos über alles hinweg. Es gab keine Erlösung. Karl rauchte viel in diesen Tagen und trank nicht wenig.

Samye war einst als Abbild des Kosmos erbaut worden, angelegt in einer Ringmauer, die die Grenze des Universum darstellte. Vier Tempel standen für die vier Himmelsrichtungen und die vier Kontinente, ein Haupttempel in der Mitte markierte das Zentrum der Welt, den Berg Meru. Die von den Chinesen zerstörte Anlage war neu aufgebaut worden, doch die Stupas blieben verschwunden, und die heilige Geometrie des Klosters war im wüsten Chaos eines Bauerndorfes untergegangen.

Karl betrat die große Versammlungshalle. Die Mönche saßen in Reihen auf ihren roten Kissen und beteten laut in einem tiefen, rhythmischen Gesang. Obwohl Karl kein Wort verstand, zogen ihn die Stimmen magisch an. Er blieb wie gebannt neben einer der großen roten Säulen stehen, bis ihn nach einer Weile ein Mönch, Penpa sagte ihm später, es sei der Abt persönlich gewesen, zum Sitzen einlud.

Karl setzte sich im Schneidersitz und konzentrierte sich auf das Geschehen und den Chor der Männerstimmen, der anschwoll und verklang und gelegentlich von einer

Glocke ganz zum Schweigen gebracht wurde, um wieder anzufangen, mit tiefem Murmeln. Der Klang trug ihn davon. Seit Tagen zum ersten Mal vergaß er seinen inneren Druck und spürte Erleichterung. Der Gesang wiegte ihn ins Vergessen. Doch bald kam er wieder zu sich. Die ungewohnte Sitzhaltung machte ihm zu schaffen. Und mit dem Reißen in seinen Knien und dem Pochen im Steiß kam auch die Schwere zurück, das Dunkle, das die vergangenen Tage vergiftet hatte. Schwindel überkam ihn. Und wenn er sich in diesem Augenblick erlaubt hätte, seinem Gefühl nachzuspüren, dann hätte er gemerkt, dass sich in seinem Kehlkopf ein Druck gebildet hatte, der einen Ausgang suchte. Aber Karl verdrängte einmal mehr. Er sagte sich, dass sein Unbehagen vom ungewohnten Sitzen käme. Darum stand er vom Kissen auf, schüttelte unauffällig seine Glieder und nickte seiner Führerin zu. Die Besichtigung konnte weitergehen.

Penpa führte ihn in den großen Hof mit den mächtigen Gebetsmühlen, an Seitenkapellen vorbei und zu einer Treppe, die in die oberen Geschosse führte. Die bunt bemalten Deckenbalken waren nun aus nächster Nähe zu sehen. Sie waren frisch lackiert und glänzten in allen Regenbogenfarben. Der Tempel im oberen Stock war eindrücklich und groß, doch Karl und seine Führerin hielten sich nicht weiter auf und erklommen sogleich die nächste Stiege. Und dort, auf dem terrassenartigen Umgang, von wo aus die geschändete Klosteranlage zwischen Holzgeflechten sichtbar wurde, wo die Tempel der vier Himmelsrichtungen und der Kontinente, die jetzt Lager- und Bauernhäuser waren, auszumachen waren, hier, wo sich die Aussicht bis auf die Berge erstreckte, in denen berühmte Eremiten zur Erleuchtung gelangten, hier, wo sich der Blick in den Sanddünen der herandrängenden Wüste verlieren wollte, hier stand sie. Und Karl spürte eine Explosion in sich. Das dumpfe, dunkle Gefühl der letzten Tage spaltete sich in einem hellen Blitz, und Karl wusste mit plötzlicher Gewissheit, dass er die ganze Zeit um sie getrauert hatte.

Sie hatte ihm den Rücken zugedreht und ihre Silhouette stand als schwarzer Schatten im Gegenlicht. Sie wirkte klein und fremd, doch Karl wusste einfach und trotz der Entfernung, dass sie es war. Und er wusste, dass er ihre Nähe wollte, sofort und für immer. Dies war das einzige, was noch zählte. Alles schien plötzlich ganz klar und folgerichtig. Und so wunderte sich Karl kein bisschen, als Ina sich umdrehte und sagte: „Ich habe auf Dich gewartet."

7 Der Wagen

Freihändig stehst Du auf dem Karren, den manche den Triumphwagen nennen, gezogen von zweifarbigen Rossen, zwischen zweifarbigen Säulen. Das hat wohl tatsächlich etwas mit Dualität zu tun, wie viele Autoren meinen. Aber hast Du sie wirklich überwunden, wie manche behaupten? Triumphierst Du als Majestät mit Krone und Zepter, weil Du Herr über Deinen Schatten, weil Du der Lenker Deiner Gefühle geworden bist? Weil Du die Einheit in der Vielheit Deiner Person gefunden hast?

Ich wage zu zweifeln. Obwohl Du wirklich herrlich und großartig aussiehst unter Deinem Baldachin. Deine Gewänder sind außerordentlich kostbar, mit kunstvollen Masken auf den Schultern verziert. Sie sagen, diese stünden für Sonne und Mond. Mir aber gefällt die Idee besser, dass es Gesichter des Janus sind, des Gottes, der nach vorne und hinten, beziehungsweise nach rechts und nach links, gleichzeitig zu schauen versteht. Im Moment hast Du wirklich alles: Die Herrschaft über alle Richtungen und die Macht über den Lauf der Dinge. Aber ob das so bleibt?

Du lässt die Zügel schleifen, Mann, das könnte ins Auge gehen. Deine zweifarbigen Pferde gucken lebhaft und nicht unbedingt gutmütig, aber ziemlich bestimmt. Und zwar in verschiedene Richtungen! Sie sind nicht hinter dem gleichen her. Und macht es Dir keine

Sorgen, dass sie keine Hinterbeine haben? Wie sollen sie rennen,
woher die Kraft zum Vorwärtskommen nehmen?

Dein Problem ist: Du hast den Kontakt zur Erde verloren. Du
bist Dir Deines Triumphes sicher. Aber die Ringe unter Deinen
Augen, der müde Ausdruck in Deinem jungen Gesicht, sagen mir,
dass Du zu teuer für ihn bezahlt hast.

Jetzt bist Du oben. Aber Du wirst schon bald wieder unten sein.
Deine Karte steht für Aufbruch und Sturz.

Ina sah schmal und blass aus. Unter den Augen lagen
dunkelblaue Schatten. Sie lächelte nicht. „Ich habe auf
Dich gewartet", sagte sie. „Kannst Du mich in Deinem
Wagen mit nach Lhasa nehmen?"

Ihre Müdigkeit griff Karl ans Herz. Er hätte sie in die
Arme schließen und beschützen wollen, aber Ina hielt ihn
mit ihrer Strenge auf Distanz. Auch hätte er sich gescheut,
hier im Tempel und vor den Tibetern Gefühle zu zeigen,
dies galt als ungehörig.

Karl nickte. „Selbstverständlich." Obwohl er nicht
wusste, ob das nicht gegen chinesische Vorschriften ver-
stieß. Er wandte sich an Penpa, die unbeteiligt daneben
stand und sagte ihr, dass Ina mitfahren wollte. Penpa
nickte. Nun sagte Ina etwas zu ihr auf tibetisch. Penpa
nickte wieder. Ina packte Karl am Arm und schob ihn auf
die Treppe zu: „Wir gehen Tee trinken." Karls Führerin
blieb zurück.

Ina ging mit schnellen, festen Schritten voran, Karl folgte ihr und bemerkte mit Erstaunen, dass ihr die Mönche
kaum merklich grüßend zunickten. Ina erwiderte ebenso
unauffällig das Nicken, aber es war offensichtlich, dass sie
hier bekannt war. Sie gingen aus dem Tempel auf den
Vorplatz, über den eben eine Karawane von schwer bela-
denen und festlich geschmückten Yaks zog, deren lang-
haarige Schwänze beinahe auf dem Boden schleiften.

Das Teehaus war wie alle, die Karl bisher gesehen hatte:

ein karger Raum aus Lehmziegeln und gestampfter Erde, mit kleinen trüben Fenstern und roh gezimmerten Tischen und Bänken, unter denen etliche Hunde schliefen. Sie ließen es bewegungslos zu, dass man über sie kletterte. Sie hoben nicht einmal ihre Köpfe. Diesmal gab es Buttertee, den eine hübsche Tibeterin aus einem großen, chinesischen Thermoskrug ausschenkte. Er legte sich wie eine Creme dick auf Karls Zunge, aber weil die verwendete Butter nicht ranzig, sondern süß war, genoss er das Getränk.

Ina hatte noch kein Wort zu Karl gesprochen, sondern einfach nur die Leute im Raum begrüßt, die Teegläser extra ausspülen lassen und an der Küchentüre den Tee bestellt. Sie bewegte sich hier, als ob sie nichts anderes gewohnt wäre und Karl wunderte sich über sie. Er nickte den beiden Männern zu, die am Tisch saßen, einer mit einer roten Quaste, dem typischen Haarschmuck der Männer aus Kam. Der andere trug auch in dem düsteren Raum stolz seine Sonnenbrille und hatte irgendwelche Papiere in seinem Hutband stecken.

Endlich setzte sich Ina und schlürfte ebenfalls vom fettigen Tee. Sie rief eine anerkennende Bemerkung in die Küche, die hinter einer schwarzen Wand verborgen war. Die Tibeterin rief einen fröhlichen Scherz zurück, und alle im Raum lachten. Weiße Zähne blitzten im düsteren Licht auf.

Dann wandte sich Ina an Karl. Sie sprach nun leise, konzentriert und ernst. „In Lhasa waren Demonstrationen. Ein wichtiger Mann ist verhaftet worden. Es gab Material, das in Sicherheit gebracht werden musste, verstehst Du."

Karl verstand nicht richtig, was sie ihm gesagt hatte. Und zwar, weil er nicht glauben wollte, was er hörte. Er war ein Tourist, Ina war eine Touristin wie er, was hatte sie mit all dem zu schaffen? Er starrte ins Glas und versuchte einzuordnen, was er eben gehört hatte. Schließlich blieb er bei der einen Frage hängen, die ihn am meisten verfolgte.

„Warum hast Du gewusst, dass ich hier bin?"

Ina lachte, schnell und unfroh. „Hier wissen alle alles", sagte sie leichthin, „außer die Chinesen. Und die versuchen, etwas herauszufinden."

Karl fühlte sich unbehaglich. Er sah sich plötzlich in etwas verwickelt, mit dem er nichts zu tun haben wollte. Aber da saß Ina und er spürte, dass er Nichts anderes wollte, als in ihrer Nähe bleiben. Er sah sie an. Eigentlich war sie nicht besonders hübsch. Sie war zu schmal und zu blass. Ihre Haare hatten eine undefinierbare Farbe und ihre Augen ebenso. Aber während Karl nun in diese schaute, verstand er, dass sie die Durchsichtigkeit der tibetischen Luft und die Helligkeit der tibetischen Wasserspiegel wiedergaben und ihn packte eine Welle von Sehnsucht und Weh, wie er es seit Jahren nicht mehr gefühlt hatte. Er packte das Glas so fest, dass seine Knöchel weiß wurden. In einer seltsamen Klarheit spürte er das raue Holz des Tisches unter seinen Händen. Er brauchte einen Moment, um sich zu fassen. Schließlich sagte er streng: „Ina, was soll das alles?"

Sie sah ihn fast böse an. „Ich habe es Dir doch gesagt. Es gab Demonstrationen in Lhasa, Materialien mussten in Sicherheit gebracht werden."

Karl wagte nicht zu fragen, ob es Papiere oder Waffen gewesen waren. „Was hast Du damit zu tun?" Er war jetzt ernst wie ein zürnender Vater.

„Ich bin Buddhistin", sagte Ina. „Ich habe tibetische Freunde und ich will ihnen helfen."

Karl wusste, dass dies gefährlich war und er wusste, dass sie es wusste. Was er nicht verstand, war, warum sie ihm alles erzählte. Er fragte sie.

„Man hat mich so instruiert", antwortete sie, etwas verlegen, wie ein kleines Mädchen.

„Wie meinst Du das?"

„Weißt Du, manche Mönche hier sind hellsichtig. Auf ihrem Weg zur Erleuchtung entwickeln sie Siddhis, besondere Kräfte. Manche sehen in die Zukunft oder in ihre vergangenen Leben. Auf höheren Stufen können sie Dinge materialisieren oder Tote zum Leben erwecken. Ich weiß auch nicht was alles. Aber der Bruder, der mich geschickt hat, hat Dich gesehen und er hat mir gesagt, dass ich Dir vertrauen kann und dass ich Dich nicht belügen darf." Was Ina nicht sagte, ist, dass der Mönch davon gesprochen hatte, dass Karl in sie verliebt und sehr stark mit ihr verbunden sei.

Karl war sprachlos. Ina war eine Art Spionin und verließ sich auf Hellseherei. Das überstieg sein Verständnis. Oder vielmehr seinen Willen, Dinge zu akzeptieren, die außerhalb der gewohnten Regeln lagen. Er hätte protestieren wollen, schimpfen oder höhnen, aber er blieb nur still. Er wollte diese Frau nicht verletzen, aber er empfand ihr Verhalten als unerträglichen Schlag. Ratlos blieb er und stumm. Wortlos folgte er. Auf dem Rückweg über den Fluss sprachen sie kaum ein Wort. Sie hatten diesmal ein Schiff für sich allein, und zur Ruhe des Wassers gesellte sich die Sprachlosigkeit der Menschen. Auch der Schiffsführer und Penpa sagten kein Wort. Nur der Motor war zu hören und der Wind zu fühlen. Karl saß still für sich, zu müde um nachzudenken und zu verwundert, um eine weitere Frage zu stellen. Doch auf einer halb bewussten Ebene, mit seinem Körper, fühlte er Inas Anwesenheit und war glücklich, dass sie hier und so nahe bei ihm war. Ein Wunsch war in Erfüllung gegangen, ein Wunsch, von dem er nicht gewusst hatte, dass er ihn hatte.

Dann saßen sie im Wagen. Vor ihnen plauderten Penpa und der Fahrer in ihrem zwitschernden Dialekt, doch Ina und Karl blieben still. In sich gekehrt, ließen sie sich von den holprigen Sandpisten schütteln. Dann endlich kam der asphaltierte Teil der Straße, die Fahrt wurde ruhiger und die Nacht senkte sich langsam auf das Tal.

Als es schon ziemlich dunkel war, griff Karl nach Inas Hand. Eine Weile hielten sie sich fest, ganz fest, wie zwei erschreckte Kinder. Dann legte Ina Karls Hand zurück auf seinen Schenkel. Zärtlich strich sie darüber, mehrere Male, und ließ sie dann los.

„Ich bin dabei eine Nonne zu werden", flüsterte sie. Und trotz des leisen Tons hörte Karl so etwas wie Triumph in ihrer Stimme. Er reagierte mit einem diffusen Gefühl von Angst und Hass, gab aber keine Antwort.

Als sie in Lhasa im Hotel ankamen – es war inzwischen stockfinstere Nacht – wollte Ina sich gleich zurückziehen, doch Karl hielt sie fest.„Wir essen zusammen", sagte er mit so viel Bestimmtheit, dass Ina blieb. Sie sprachen nicht viel während des Essens und nur über unwichtige Dinge, aber Karl spürte immer dringlicher den Wunsch, sie nicht gehen zu lassen.

Als sie das Restaurant verließen, schien der Moment der Trennung gekommen. Doch Karl packte Ina am Arm und flüsterte heiser und fast befehlend: „Komm mit zu mir."

Ina stand vor ihm wie ein Kind. Sie hatte die Augen gesenkt und nagte tatsächlich an ihrer Unterlippe. Sie schien nachzudenken, und Karl hätte zu gerne wissen wollen, was in ihr vorging. Doch seine Spannung und sein inneres Brennen ließen keine Idee aufkommen. Er war ratlos wie sie.

Schließlich blickte Ina auf und Karl wurde von einem nicht zu definierenden Blick getroffen. „Gut", sagte Ina, jetzt autoritär und mit Befehlston, wie in ihrer ersten Nacht. „Aber ich bestimme, was läuft."

Karl erschauerte vor Freude und angstvoller Lust, denn ihre Stimme hatte beinahe drohend geklungen. Sie gingen durch die sich windenden Gänge des Hotels und die Stimmung war schwer vor Erwartung und unausgesprochenen Fragen.

Endlich kamen sie an. Karl fand fast das Schlüsselloch nicht und hantierte fahrig am Schloss seines Zimmers.

Doch schließlich waren sie drin. Ina setzte sich in den Sessel am Fenster und sagte:

„Geh jetzt ins Badezimmer und zieh Dich aus, als ob Du alleine wärst."

Karl verschwand gehorsam und kam schon nach kurzer Zeit, frisch nach Rasierwasser duftend, ins Zimmer zurück. Er ging zu Ina, zog sie aus dem Stuhl hoch und umarmte sie zärtlich. Sie wich aber seinen Lippen aus. „Geh nun schön brav zu Bett", flüsterte sie. „Ich komme gleich." Dann verschwand sie im Bad.

Karl war unschlüssig, ob er sein Pyjama anziehen sollte. Aber dann überlegte er schlau, dass sie nicht wissen konnte, ob er gewöhnlich nackt schlief. Also legte er sich nackt unter die Decke.

Als Ina zurück kam, sah sie seine starken, breiten Schultern in den weißen Leintüchern und sie nahm den Stich tapfer entgegen, den dieses Bild ihr versetzte. Sie kam angekleidet zum Bett und sagte im Ton einer Mutter: „Rück weg, ich werde Dir jetzt eine Geschichte erzählen."

Sie kam ins Bett, blieb aber am Kopfende aufrecht sitzen und breitete die Arme aus: „Komm, mach es Dir schön gemütlich."

Karl kuschelte sich in ihren Schoß, so dass er sein Gesicht an ihre Brust drücken konnte. Sie nahm seinen Kopf in den Arm und streichelte mit der freien Hand seine Haare, sein Gesicht und seinen Bart. Und erst im Lauf der Geschichte, die sie nun zu erzählen anfing, fuhr sie zerstreut auch über seine Schultern und seine Brust.

„Es war einmal eine Frau, die hatte noch niemals erfahren, was Liebe ist. Aber eines Tages fuhr diese wie ein Blitz in sie. Sie verstand gar nicht, was mit ihr geschah, sie spürte nur einfach, dass sie sterben müsse, wenn sie sich von ihrem Geliebten entfernen würde. Und so blieb sie in seiner Nähe wie sein Schatten. Solange er da war, war alles gut, doch wenn er nicht da war, wollte ein unerträglicher Schmerz sie zerreißen und verbrennen.

Der Mann war nicht frei. Er lebte in einem schönen Haus mit einer schönen Frau und schönen Kindern zusammen. Dorthin musste er zurück. Und seine Geliebte folgte ihm, so weit wie sie konnte. Als er durch die Haustüre schritt, blieb sie stehen und verbarg sich in einer Mauernische in der Gasse gegenüber dem Haus des Geliebten.

Und dort stand sie nun und wartete darauf, ihn zu sehen. Und wenn er am Fenster erschien oder wenn er den Balkon betrat, erstrahlte sie vor Glück. Wenn er aus dem Haus kam und wenn er zurückkehrte, immer stand sie da und berührte ihn mit ihrem Blick, ob er es wusste oder nicht. Meistens nahm er sie nicht wahr, aber ein oder zwei Mal sprach er mit ihr. Und sie lächelte und war glücklich. Sie wollte nichts und sie erwartete nichts. Sie stand einfach da, weil der Schmerz zu groß wurde, wenn sie sich entfernte. Die Freude aber, ihn von Zeit zu Zeit zu sehen, war ebenfalls unendlich groß.

Jahre vergingen und sie stand da und sie sah nichts als die Fenster und den Balkon und die Haustür, sie nahm nichts wahr als die Möglichkeit, ihn zu sehen. Und sie war glücklich und zufrieden mit ihrem Los.

Eines Tages, es mussten an die fünf Jahre vergangen sein, sah sie plötzlich einen Ballonverkäufer, der durch die Gasse ging. Zum ersten Mal seit Jahren betrachtete sie einen anderen Menschen. Und nun wurde ihr wieder bewusst, dass es Hausfrauen gab, die Einkäufe machten, Kinder, die zur Schule gingen, Männer, die wichtige Akten zur Arbeit trugen. Hunde sprangen herum und Katzen überquerten ihren Weg. Hausierer läuteten an den Türen und in den Ecken setzten sich Drogensüchtige ihre Spritzen. Die Frau merkte plötzlich, dass es neben ihrer Liebe noch anderes Leben gab. Und eines Tages kamen besonders viele Leute, festtäglich gekleidet, und zogen durch die Gasse. Und die Frau ließ sich von ihnen fortziehen. Sie wusste nicht, wie ihr geschah, sie war einfach mitgegangen. Sie kam hinunter zum Hafen. Und als sich die Straße auf die Weite des Meeres öffnete, da öffnete sie ihre Arme. Aber die Vorstellung, dass der Liebste vielleicht in diesem Moment ans Fenster trat, die Vorstellung, dass er da wäre und sie ihn nicht sehen könne, traf sie noch immer wie ein Messer ins Herz. Doch sie ging weiter und nahm den Schmerz hin, der immer wieder durch sie hindurch fuhr.

Als sie den Sand unter ihren Füßen spürte und die Sonne auf ihrer Haut, da weinte die Frau. Und sie schwor sich, alle und alles in der Welt so zu lieben und zu achten, wie sie bisher ihren Geliebten geliebt und geachtet hatte. Und sie setzte sich an den Strand…"

Inas Stimme versagte. Karl hatte schon lange gespürt, wie ihr Herz schwerer und ihre Stimme belegter wurde. Darum wunderte er sich nicht, als plötzlich Tropfen auf seine Stirn fielen.

Er drehte sich auf die Knie und nahm sie zärtlich in die Arme. Er hätte ihr gerne die Tränen von den Augen geküsst, aber er bezwang sich und streichelte nur einfach ihr Haar.

„Ina, Kleines, Du hast Dich übernommen. Komm sei nicht traurig, es wird alles gut." Er hielt sie wie ein Kind und schaukelte sie, bis sie sich beruhigte. Denn nun hatte sie sich plötzlich mit harten Schluchzern in seine Brust verkrallt. Er spürte ihre Wärme auf seiner nackten Haut und die Begierde stieß zwischen ihnen hoch wie eine lodernde, rußige Flamme. Aber Karl bezwang sich. Nicht jetzt und nicht so. „Geh nun ins Bett, mein Kleines", flüsterte er sanft. „Morgen sehen wir weiter." Und dann sagte er, was er nicht hatte sagen wollen: „Ich liebe Dich."

Das brachte sie noch mehr zum Schluchzen, doch schließlich beruhigte sie sich. Sie kroch mit abgewandtem Gesicht aus dem Bett, damit er nicht sähe, wie verheult sie war und verschwand wie ein stiller Schatten unter der Tür.

Und nun war Karl traurig, dass er sie hatte gehen lassen.

8 Die Gerechtigkeit

Es gibt Dich also doch, wer hätte das gedacht! Oder bist Du am Ende einfach irgend eine Frau, die sich als Gerechtigkeit kostümiert hat? Dein Gesicht ist recht jung, zu jung eigentlich, um so viel Verantwortung zu tragen. Kein Wunder wirkt Dein Blick so leer und abgestumpft. Du hast zu vieles gesehen. Dieses Amt – oder das Gewand – sind zu schwer für Dich. Zu schwer für jeden!

Schwere ist das Stichwort: Mächtig ist der Thron, den man Dir hinaus gestellt hat in die freie Natur, von der allerdings nur noch ein einziges Grasbüschel zeugt. Drückend ist Dein Kopfputz, eine gekrönte Kappe, und wie eine Last liegen Deine Gewänder auf Deinen Schultern, die hängen, gerundet vom Gewicht. Unbeweglich sitzt Du auf dem massiven Sessel, die Knie breit auseinander. Und so versuchst Du mit ganzer Kraft, das schwere Schwert und die Waage im Gleichgewicht zu halten.

Das schaffst Du nicht! So sitzt Du nicht lange! Das ist nur das Bild eines Augenblicks. Kaum ist dieser vorbei, kommen die Waagschalen ins Schwanken und das Schwert sinkt, der Schwerkraft gehorchend, zur Seite. Und der Zufall bestimmt, nach welcher. Noch aber sitzt Du, diesen auserwählten Moment lang, in voller Aufmerksamkeit, bereit zu wägen und zu leicht zu befinden.

Oh Gerechtigkeit, Du verlangst Entscheidung. Doch woher nimmst Du Dein Urteil? Was wägst Du in Deinen leeren Schalen ab, was zerschneidest Du mit Deinem scharfen Schwert? Je länger ich Dich betrachte, desto gefährlicher erscheinst Du mir: Du verlangst Balance, doch wer erreicht die schon? Drehen wir uns nicht alle im Strudel des Chaos und Ungleichgewichts? Wie sollen wir da verantwortlich entscheiden? Doch das kümmert Dich nicht. Du stichst zu, kaum senkt sich die Waagschale, und bestrafst den, der vom Mittelweg abgekommen ist. Und sei es auch nur ein kleines Schrittchen.

Im rotgoldenen Speisesaal des großen Touristenhotels hingen die gedämpften Geräusche wie eine wattige Wolke:

die leisen Gespräche, das Klirren der Tassen, die metallischen Schläge des Bestecks auf dem Porzellan. Aus den Lautsprechern klang sanfte Musik. Schlanke Tibeterinnen in schmalen, dunklen Röcken und hellen Blusen schritten anmutig und geräuschlos zwischen den Tischen hindurch und schenkten den Gästen aus großen Krügen Tee und Kaffee aus. Ihre dicken, schwarzen Haare waren gekonnt in Knoten aufgesteckt. Vollgeladene Tische mit Spezialitäten westlicher und östlicher Küchen boten, was sich ein hungriger Magen nur wünschen konnte. Doch Ina, die vor dem verschwenderischen Büfett stand, hatte keinen Hunger.

Sie stand vor den Mengen an Esswaren und konnte sich nicht entscheiden, was sie wählen sollte. Schließlich nahm sie eine kleine Schale und schöpfte sich von dem dicken, weißen Joghurt. So erblickte sie Karl, als er den Speisesaal betrat.

Ina sah erschöpft aus und hatte tiefe Schatten unter den Augen. Und das war kein Wunder, denn sie hatte die ganze Nacht nicht geschlafen. Zuerst hatte sie sich in ihrem Zimmer aufs Bett geworfen und sich hemmungslos ausgeweint, ohne sich zu fragen, warum und warum gerade jetzt. Danach hatte sie sich im Lotussitz zurecht gesetzt und versucht, ihr Gleichgewicht zu finden, indem sie ohne Unterbruch die heiligen Formeln wiederholte, die ihr der tibetischer Lehrer in Katmandu zum Meditieren gegeben hatte. Doch das Mantra wollte diesmal nicht helfen. Immer wieder wurde sie von einer verhetzten Unruhe erfasst, die sie mit ihrer eingeübten Atemdisziplin nur notdürftig in Schach zu halten vermochte. Der innere Frieden, den sie zum ersten Mal unter den Palmen in Goa erlebt hatte, dieses glanzlos helle Licht, das ihr wunschlose Ruhe versprach, es wollte sich nicht einstellen. Und so hatte sie die Nacht im Sitzen zugebracht, hatte sich abgemüht ihre Angst zu bewältigen, und wurde dabei immer müder und erschöpfter, bis endlich das Licht hinter den braunen Bergen des Tales aufstieg und sie von ihrer Nachtwache erlöste. Sie erhob sich, steif vom langen Sitzen, und nahm ein Bad. Das beruhigte zumindest ihren Körper. Dann war auch schon Zeit für das Frühstück und der neue Tag wollte in Angriff genommen werden.

Und mit dem Morgen kam Karl. Als er auf Ina zu trat, traf ihn ein gehetzter Blick. Aber die junge Frau setzte schnell ein schiefes, falsches Lächeln auf, um Normalität zu heucheln und Distanz zwischen sich und Karl zu bringen.

„Guten Morgen", sagte sie, „ich bin schon so gut wie weg." Und als Karl sie erstaunt ansah, fügte sie hinzu: „Ich muss zum Jokhang." Dann tat sie etwas selbst für sie Unerwartetes: Sie nahm ihre Schale, streute ein wenig von dem groben Zucker darauf und ging an Karl vorbei hinaus aus dem Speisesaal. Sie hinterließ auf einem kleinen Tischchen eine angetrunkene Tasse Tee und am Büfett Karl, der zu erstaunt war, um sich verletzt zu fühlen. In ihrem Zimmer löffelte sie ihren Joghurt, erleichtert, entronnen zu sein und nicht sprechen zu müssen.

Karl blieb merkwürdig unberührt. Er suchte sich einen kleinen Tisch am Fenster aus und frühstückte in bedächtiger Ruhe. Er ließ sich den hellen Tee schmecken, gabelte Ei und löffelte Porridge und aß ein betonschweres Hörnchen mit süßer Butter und noch süßerer Konfitüre. Danach wartete er in der Hotelhalle auf Penpa. Er war offenbar der einzige Alleinreisende. Und so saß er einsam und stumm, während sich in den Fauteuils um ihn herum geschwätzige Gruppen von Japanern und Amerikanern versammelten, ausstaffiert mit Fotoapparaten, mit denen sie einfangen wollten, was ihnen der Tag bringen würde. Obwohl nicht Hauptreisezeit war, herrschte ein dichtes Gewimmel. Und mitten drin bemerkte Karl Ina, die sich zwischen den Touristen durchschlängelte. Sie lief aus dem Tor und verschwand sogleich unter den Händlern und Bettlern, die in Scharen vor dem Hotel standen.

Dann erschien auch schon Penpa und führte ihn zum Wagen. Auf dem Programm stand die Besichtigung des Potala-Palastes.

Dieser Berg von einem Gebäude, das mit seinem golden funkelnden Dach das Tal beherrschte, war vom berühmten fünften Dalai Lama errichtet worden. Entgegen der Legende von den friedliebenden Tibetern gab es in der alten Zeit auch auf dem Dach der Welt Kämpfe und Kriege. Verschiedene Könige, Klöster und religiöse Richtungen stritten, durchaus auch blutig, um Einfluss und Vorherrschaft. Dem großen Fünften gelang es aber im siebzehnten Jahrhundert zum ersten Mal, sie alle mit Hilfe eines mongolischen Herrschers zu entmachten. So entstand das vereinigte Tibet von Ladakh bis Kam. Und in seinem Zentrum der Potala-Palast, der als Sitz der weltlichen und der geistlichen Macht die Größe und Großartigkeit des neuen Staates bezeugte. Der Potala gilt bis heute als Abbild des heiligen Berges Meru und ist immer noch einer der verehrtesten und heiligsten Orte des Landes. Allerdings ist er dem Volk erst in jüngster Zeit zugänglich geworden, früher war er den Mönchen vorbehalten.

Tashi fuhr schnittig den gewundenen steilen Weg zum Hintereingang des Palastes hinauf. Er nahm keine Rücksicht auf seine Landsleute, die an diesem Tag in Scharen zum Potala pilgerten. Denn noch immer hatte Buddha Geburtstag und das wurde in Lhasa ausgiebig gefeiert. Seit es die Chinesen wieder erlaubten, zogen Pilger in wachsender Zahl durch das Land und an die heiligen Stätten. Oft waren sie Monate, manche auch Jahre unterwegs, als Gepäck nur das, was sie in ihren Gürtel eingebunden hatten oder in einem Stoffbündel mit sich trugen. Sie schliefen in Erdlöchern, wenn sie nichts anderes fanden, sie aßen, was sie mit ihrem spärlichen Geld bezahlen oder mit ihrem Lachen erbetteln konnten. Alte verhutzelte Frauen waren dabei, die kaum mehr gehen konnten, und junge Burschen, die ungezähmt herumsprangen wie wilde

Ziegen. Junge Frauen mit Zöpfchen und Türkisen im Haar trugen ihre Babys auf den Hüften und stillten diese und zeigten dabei ungeniert ihre Brüste. Männer bewegten sich in der Menge, manche dumpf und geduckt, andere stolz und mit klarem, wissendem Blick, manche schienen vorzeitig vergreist, vom harten Klima und den politischen Zuständen gleichsam mumifiziert. Gröbstes und Feinstes mischte sich in diesen Massen, Übermut und Ernst, stumpfe Gläubigkeit und Erkenntnis, Kraft und Naivität. Die meisten Männer waren in dunkle Gewänder gehüllt, aus denen sich bei Bedarf der Staub leicht ausklopfen ließ, braunes Tuch, in großen Weiten und mit verschiedenen Tüchern um den Körper geschlungen. Wie die biblischen Hirten in christlichen Weihnachtskrippen sahen sie aus. Die Frauen mit ihren buntgestreiften Schürzen über den langen Röcken setzten Farbakzente ins Dunkel, auch die paar Kinder in ihren knalligen Pullovern. Aber auch dicke Korallen- und Bernsteinklunker hellten die dumpfen Erdfarben auf, silberne Ohrringe und Amulettkästchen blitzten. Und nicht zu vergessen, die oft mutwillig lachenden, geschlitzten Augen und die strahlend weißen Zähne in den sonnengegerbten Gesichtern.

Endlich dem Auto und Tashis peinlichem Fahrstil entronnen, stieg Karl nun in dieser merkwürdig bewegten Menge das letzte Wegstück auf den Eingang des Palastes zu. Rechts über ihm türmten sich eindrucksvoll dicke, dunkelrote Mauern. Sie sprachen von Macht und Herrschaftsanspruch, aber auch von einer großen Baukunst, die Karl mit Kenneraugen musterte. Vor allem die raffinierten Holzverstrebungen über den blau umrandeten Fenstern und an den Dächern entzückten ihn. Über dem weit geöffneten Tor flatterte ein weißer Vorhang, der mit blauen und roten Stoffapplikationen verziert war. Darüber strahlte ein goldenes Dach mit drei Spitzen.

Und dann wurde Karl zusammen mit den Pilgermassen vom dunklen Labyrinth namens Potala verschluckt. Er fühlte sich eingesogen von etwas Archaischem, entrückt in den Leib der Erde, getrieben durch dampfige, enge Gänge, die sich wie Eingeweide in nicht erkennbaren Richtungen drehten und wendeten und nur gelegentlich wieder in offene, helle Innenhöfe mündeten, wo Karl einen Augenblick lang dankbar nach Licht und frischer Luft schnappte bevor ihn das höllische Dunkel wieder verschlang. Unendlich ging es weiter, von Dämmer zu Dunkel zu Schwarz, von Raum zu Raum und von Tempel zu Tempel. Älteste und heiligste Kultgegenstände tauchten plötzlich wie in einer Geisterbahn beleuchtet aus der Schwärze auf: der tausendarmige Avalokiteshvara, der sein Mitleid tausendfach über die Welt verteilt; der erste buddhistische König Songtsen Gampo mit seinen zwei Frauen, der chinesischen und der nepalesischen Prinzessin; die 124 heiligen Stupen, die 124 Wege zur Erleuchtung darstellen; Padmasambhava, der indische Heilige, der die alten tibetischen Dämonen durch Zauber bezwang und sie zu Schutzherren der neuen Religion machte. Der dunkle höhlenartige Palast schien von oben bis unten prall gefüllt mit heiligen Gegenständen, die spärlich von riesigen Butterlampen beleuchtet wurden. Im flüssigen Fett schwammen viele Dochte, deren Flammen von den Pilgern mit Butterstücken aus Plastikbeuteln genährt wurden. Dann ging es durch lichtlose Korridore und über grobe Treppen drei Stockwerke hinunter. Zwei dicke Menschenschlangen krochen in entgegengesetzten Richtungen durch die engen, staubigen Gänge. Mensch schob sich an Mensch und das einzige Licht in der verdammten Finsternis kam von den wenigen müden Flämmchen, die die Pilger in offenen Lampen mit sich trugen. Karl stand mit Schaudern im Gedränge und fragte sich, was wohl passieren würde, wenn ein Feuer und damit eine Panik ausbrechen würde. Klaustrophobie erfasste ihn, zum ersten Mal in seinem Leben. Er fühlte den Impuls, Hals über Kopf zu fliehen und da das nicht möglich war, zumindest in unkontrolliertes Schreien auszubrechen. Doch er bezwang sich und beobachtete die Frau vor sich, die ungestört durch die Umstände ihr Gebet murmelte und die 108 Perlen ihrer Mala durch die Finger gleiten ließ. (Hatten nicht jesuitische Mönche, die im 17. Jahrhundert als erste Europäer ins verbotene Lhasa kamen, erstaunt nach Rom berichtet, dass hier Rosenkränze gebetet würden wie im heiligen katholischen Reich!) Auf der Schulter der Pilgerin schlief friedlich ein Kind und Karl tröstete sich mit diesem Bild. Es strömte Vertrauen und Frieden aus.

Stufe um Stufe wie ein zögernd schleichender Höllenzug ging es hinunter in unabsehbares Schwarz, während auf der andern Seite der Treppe eben so langsam die Schlange heraufsteigender Pilger aufwärts robbte. Plötzlich entstand ein wildes Gedränge, weil eine Gruppe von Touristen, angeführt von einer Chinesin mit heller Taschenlampe, zwischen den zwei Menschenreihen hindurch nach unten drängte. Doch dann schlug wieder Lethargie und Dunkelheit über den dunklen, muffigen Gängen zusammen.

Nach endlos scheinender Zeit erreichten sie schließlich einen hohen Saal, in dem, 14 Meter hoch, der mächtige Stupa mit den sterblichen Überresten des 13. Dalai Lama stand. Die Sonne schien durch die mit gelben Stoffahnen bespannten Fenster und färbte das ohnehin dämmrige Licht sanft und mild. Und nun stand Karl vor dem vergoldeten, mit riesigen Edelsteinen geschmückten Grabmal, das ihn eher abstieß als in Frömmigkeit versetzte. Er musterte die Kostbarkeiten, die darum herum aufgetürmt waren, Gemälde, ein dreidimensionales Mandala aus feinsten Perlen, Gefäße, Lampen, Statuen. Und davor die Pilger in ihren groben Stoffen, die sich vor all der Pracht auf den Boden warfen und wieder erhoben und wieder niederwarfen und wieder aufstanden und sich wieder niederwarfen. Und schließlich im stillen Gebet erstarrten.

Karl wagte nicht, über die Liegenden hinwegzusteigen

und blieb stehen. Da zupfte ihn plötzlich jemand am Ärmel und zog ihn in eine Ecke, die die Schlange der Pilger
frei gelassen hatte. Es war eine alte Frau mit schlohwei-
ßem, kurzgeschorenem Kopf, eine Nonne. Sie blickte ihn
mit einem seltsamen Blick an, der auf eine wundersame
Weise tief in Karl eindrang. Dann sagte sie etwas und dabei zeigten sich in ihrem Mund nur noch zwei oder drei
elende Zahnstümpfe. Ihr Blick war aber so beherrschend
und ernst, dass die Zahnlosigkeit ihren machtvollen Eindruck nicht schmälerte.

„Vieles ist aus dem Gleichgewicht," übersetzte nun
Penpa, die ebenfalls in die Ecke getreten war. „Doch was
immer geschieht, Du wirst verstehen, dass es gut ist." Die
junge Tibeterin stellte der alten Nonne eine Frage und
diese sprach ein paar Sätze. Karl stand verwirrt und ver-
unsichert daneben. Dann sagte Penpa: „Sie sagt, Du
schaust auf die Dinge statt in sie hinein."

Nach diesen Worten zog Penpa Karl wieder in die Kette der Pilger zurück, in die sie sich ohne Stockung einglie-
derten. Und dann machten sie sich auf den langsamen,
schwierigen Weg nach oben. Die alte Nonne war verschwunden und Karl wusste nicht, was er von diesem
Zwischenfall halten sollte. Doch als es am Abend, nach
dem Nachtessen, an seine Zimmertür klopfte, und er, als
er öffnete, einen Zettel statt einer Person vorfand, da
wusste er, dass tatsächlich etwas aus dem Gleichgewicht
gekommen war. Denn auf dem Zettel stand in krakeliger
Schrift: „Ihre Freundin ist verhaftet worden."

9 Der Eremit

Du hältst die Laterne hoch, dabei ist doch noch gar nicht Nacht.
Aber kalt muss es sein, denn Du hast Deinen Arm, der die Lampe
hochhält, sorgfältig mit Deiner Pelerine umwickelt. Aber am Kopf
frierst Du nicht: Deine Kapuze hängt. Und nichts deutet auf Wind.

Du bist ein seltsamer Mensch. Was suchst Du? Dein Gesicht sieht ruhig aus, als ob Du schon gefunden hättest, wonach Du Ausschau hältst. Und trotz der tiefen Furchen auf der Stirne wirkt es stark und jung. Du scheinst voran gehen zu wollen, doch Du stehst still, den Stock in den Boden gerammt, ohne Dich darauf zu stützen.

Du verbreitest Ruhe. Du strahlst Weisheit aus. Vielleicht suchst Du gar nichts? Deutest Du mit dem Licht Deiner Lampe auf etwas hin? Doch das, was Du beleuchten willst, es liegt außerhalb der Karte, liegt jenseits. Was mag es wohl sein? Und wie weit mag es entfernt sein?

Wie weit geht das Licht, das von Deiner Lampe ausstrahlt? Und wo geht es hin? Verlieren sich seine Partikel in den unendlichen Weiten der Sterne? Oder existiert seine Strahlung bis ans Ende der Zeit, darauf wartend, von einem Gegenstand, einem Du, aufgefangen und reflektiert zu werden. Um so zu wissen, dass es existiert?

Der Einsiedler bist Du, gewohnt allein zu sein. Geworfen auf Dich, hältst Du Ausschau nach etwas, das es in dieser Welt vielleicht gar nicht mehr gibt. Sie sagen, Dein Licht mache Geheimnisse offenbar. Vielleicht bist Du darum so einsam, weil Du gesehen hast, dass es außer der Leere nichts zu entdecken gibt?

In dieser Nacht war es Karl, der keinen Schlaf fand. Er lag in seinem komfortablen Hotelbett und zermarterte sich den Kopf, was er unternehmen sollte. Es gab seines Wissens in Lhasa keine diplomatischen Vertretungen, an die er sich hätte wenden können. Er kannte weder die Sprache des Landes noch die Organisation ihrer Behörden. Er fühlte sich einsam und ausgesetzt wie noch nie in seinem Leben. Dann wieder hoffte er, es sei alles ein Irrtum und Ina sei zurückgekehrt. Doch in ihrem Zimmer antwortete niemand, wie oft er auch zu telefonieren versuchte.

Der Morgen dämmerte bereits mit grauem Licht, als er doch noch in einen kurzen, oberflächlichen Schlaf sank.

Aber schon bald erwachte er, ratlos wie am Tag zuvor. Er beschloss, Penpa um Hilfe zu bitten, denn ihm war klar, dass er sich nicht an das chinesisch kontrollierte Reisebüro oder an die Hotelleitung wenden konnte.

Die Stunden erschienen ihm ewig, bis er endlich von Penpa abgeholt wurde. Er versuchte, sich nichts von seiner Erregung anmerken zu lassen und wartete geduldig, bis sie im geschlossenen Auto saßen. Dann aber wandte er sich sofort an seine Führerin.

„Ina ist verhaftet worden".

Sie kehrte sich nicht um, sondern sah nach vorne durch die Frontscheibe. Sie saß so still, dass Karl sich einen Moment lang fragte, ob sie ihn überhaupt gehört hatte. Er berührte sie schließlich an der Schulter. Und da drehte sie sich zu ihm und sagte: „Wir können nichts tun". Ihre dunklen Augen waren blank und leer und er fragte sich, auf welcher Seite sie wohl stehe.

„Bitte", sagte er leise, „Sie müssen mir helfen."

Sie sah ihn noch einen Augenblick an, ohne dass er etwas aus ihren Augen oder ihrem Gesichtsausdruck hätte lesen können. Dann wandte sie sich ab. Sie sprach nun mit Tashi, der sofort sein Lachen vergaß. Sie führten einen unfrohen, kurzsilbigen Dialog. Karl hatte das Gefühl, dass sie von seinem Anliegen sprachen, aber er konnte nichts aus dem Gespräch entnehmen, außer dass die Situation ernst war. Schließlich sagte Penpa mit ausdrucksloser Stimme:

„Wir fahren heute Nachmittag zum Jokhang."

Das war eine Abweichung vom Programm, denn eigentlich wäre dieser ganze Tag noch einmal dem Potala-Palast und seinen Wandgemälden gewidmet gewesen. Karl fühlte sich erleichtert, obwohl er keine Ahnung hatte, ob es einen Grund dafür gab.

Buddhas Geburtstag war nun vorüber und so gab es weniger Menschen im Potala, diesem künstlichen Berg, der Karl wieder verschluckte und aufnahm in seinen riesigen, dunklen Bauch. Karl fühlte sich jetzt beengt und mochte sich kaum für die Schätze des Palastes erwärmen. Die lebhaften Wandgemälde auf hellgrünem Grund, die die Geschichte des Landes erzählten, die sonnendurchfluteten Gemächer des Dalai Lama, die trotz den reich geschnitzten, goldenen Möbeln bescheiden wirkten, die herrlichen Dachlandschaften, wo sich goldene Giebel, geschmückt mit tonnenförmigen Bannern und Fabelwesen, gegen die umliegenden Bergkuppen abzeichneten, all diese Sehenswürdigkeiten ließen ihn kalt. Sie stammten aus einer anderen Welt, sie zogen an ihm vorbei, ohne ihn zu beeindrucken, er hatte nichts mit ihnen zu tun. Er war zu besorgt und überließ sich seinem dumpfem Brüten. Doch dann erlebte er ein packendes Ereignis: Die Herstellung eines Daches in einem der Innenhöfe.

Zwei gemischte Gruppen von je etwa dreißig Männern und Frauen standen sich gegenüber. Sie hielten mannshohe Stöcke in der Hand, an deren unterem Ende ein runder Stein befestigt war. Und nun sangen sie. Ein munteres und doch gleichförmiges Lied. Die eine Gruppe marschierte vorwärts und zurück, und ließ im Rhythmus des Gesangs die Gewichte auf den Boden platschen, der mit hellem, nassen Lehm oder Beton belegt war. Die hohen Frauenstimmen schwangen etwas schrill obenaus, während das Brummen der Männer dem Poltern der Steine glich, die schwer nach unten fielen und die Arbeiter und Arbeiterinnen bis zu den Knien mit Spritzern bekleckerten. Die zweite Gruppe sah zu und ruhte sich aus. Doch schon nach wenigen Strophen übernahm sie wieder die Arbeit, während die erste Gruppe, in Reihen geordnet wie Soldaten, neben ihren beschwerten Stöcken stehen blieben. So wogte der Gesang und die Arbeit vor und zurück und vor und zurück und die harte, knochenbrechende Arbeit sah aus wie ein Spiel. Und das wurde es auch, denn plötzlich begannen ein paar Frauen, Tanzschritte und Figuren einzubauen. Anmutig umkreisten sie am Ende jeder

Strophe ihren Stock, wobei sie einen koketten Hopser einbauten. Die Männer beobachteten dieses Tun konsterniert, versuchten dann aber bald, die Tanzschritte zu kopieren. Doch nicht alle kamen mit den Komplikationen zurecht. Und so fielen öfter ein paar aus Takt und Rhythmus und brachten die geordneten Reihen durcheinander. Doch stets löste sich die Verwirrung nach kürzester Zeit und die Gruppe wogte wieder hin und her wie eine Welle. Und die hellen Strohhüte, mit denen sich die Leute vor der stechenden Sonne schützten, wogten im Gleichschritt mit. So wurde der Boden gestampft und erhielt seine Festigkeit.

Karl hatte sich bei der Beobachtung dieser Szene für eine Weile vollständig vergessen. Doch schon bald holte ihn seine Bedrücktheit wieder ein. Achtlos ging er an der riesigen bemalten Trommel vorbei, die im Ausgang des Palastes hing. Und während er die breiten Zickzack-Treppen hinunterschritt, die noch einmal den Blick auf sich türmenden dicken Mauern von unglaublicher Höhe boten, dachte er nur an Ina und ihre Verhaftung. Und sah nicht, wie Lhasa sich unter seinen Füßen ausbreitete. Und er beachtete nicht, unten angekommen, die Esel, die schläfrig im Rinnstein standen, er übersah die Kühe, die hier mitten in der Stadt an mageren Gräslein zerrten, und er mochte nicht mit den Künstlern gehen, die ihn am Ärmel zupften und in ihre Galerie einluden. Er langweilte sich in den Auslagen des Andenkenladens, in die Penpa ihn, dem offiziellen Programm folgend, geschleppt hatte. Er wollte einfach, dass die Zeit verginge und irgend etwas geschähe.

Und so war er auch blind für das Geschehen vor dem Jokhang, dem berühmtesten und zentralsten Tempel Tibets. Er roch nicht die würzigen Wachholderrauchschwaden, er lachte nicht mit den Schmuckverkäuferinnen, er sah nicht die Devotionalienhändler, die zwischen Gruppen von ineinander verknäuelten Hunden ihre Ware anboten. Er hatte keinen Blick für die Tänze der Pilger, die sich hier ein paar Yuans ergattern wollten. Und als er den Hof betrat, nahm er kaum die Bewegung der dunkelroten Mönche wahr, die die Gaben, die zu Buddhas Geburtstag gespendet worden waren, auf langen Tischen ordneten und verteilten. Eine dumpfe Erwartung kommender Dinge stumpfte ihn ab.

Doch zunächst geschah nichts. Ein Mönch, mit einem Bildnis des Dalai Lama an der Kutte, löste Karls Führerin ab und lotste ihn durch die mit Pilger vollgestopften Schreine. Er erklärte in schwer verständlichem Englisch die Bildnisse und die Grundlagen des Buddhismus, die nicht mehr gelehrt werden konnten.

„Unsere Religion", erklärte er, „beruht auf drei Säulen. Buddha, Dharma, Sangha – Buddha, die Lehre oder das Gesetz und die Gemeinschaft. Und auch in jedem tibetischen Tempel finden Sie die entsprechende Dreiheit: Bücher, Stupen und Skulpturen. Die heiligen Texte sind das Wichtigste. Aber weil wir unsere Religion im Moment nicht lehren dürfen, beschränken sich die Leute mit der Anschauung der Stupen und Skulpturen." Er zuckte bedauernd die Schultern. Dann näherte er sich von vorne dem Jowo, dem heiligsten Götterbild Tibets, das von der nepalesischen Prinzessin Birkuti nach Tibet gebracht worden war, und legte dem Buddha einen weißen Seidenschal in den Schoß. Dann drehte er sich nach links und kletterte auf der Seite Jowos ein paar Stufen hoch und drückte seine Stirn ehrerbietig in die Gewänder des Nationalheiligtums. Karl tat es ihm nach, doch er fühlte weder Ehrerbietung noch Erleichterung. Danach folgten sie dem Pilgerstrom durch die rückwärtig gelegenen Kammern bis sie schließlich die rechte Seite der goldenen Statue erreichten. Diesmal verzichtete Karl darauf, hinter seinem Begleiter das steile Treppchen hochzusteigen. Und dann war die Umrundung auch schon vorbei und sie standen wieder im Vorraum des Tempels. Und jetzt senkte der Mönch die Stimme und flüsterte: „Nun, zu Ihrem Problem: Vielleicht gibt es Hilfe." Und er führte Karl eine dunkle, steile Treppe hinauf bis aufs Dach.

Von hier bot sich ein herrlicher Ausblick auf die umliegenden Berge und den Potala-Palast, der in Griffnähe zu liegen schien. Die Dachterrasse war fein säuberlich gekehrt und die Goldverzierungen leuchteten im Abendlicht.

„Gehen Sie da hinüber!" Und der Mönch glitt weg und verschwand.

Karl ging in der angezeigten Richtung und kam zu dem Dachaufsatz, auf dem das goldene Rad der Lehre stand, flankiert von zwei Gazellen, eine Erinnerung an die erste Offenbarung der Lehre des Buddha im Gazellenhain von Sarnath. Am Sockel dieser Gruppe kauerte ein Mann.

„Setzen sie sich", sagte er knapp.

Karl sah sich um: Die Mauern waren dachförmig abgeschrägt und eigneten sich nicht zum Sitzen. Also setzte er sich auf den Boden.

Der Mann war ziemlich hager und von dunkler Gesichtsfarbe. Sein Haar war so kurz geschnitten, dass sich die Farbe nicht bestimmen ließ. Karl konnte dadurch sein Alter nicht schätzen. Aber jung war er jedenfalls nicht. Seine Mongolenaugen blickten Karl unbestimmt an.

„Ihre Freundin ist auch unsere Freundin". Sein Englisch war erstaunlich gut, vor allem gelang es ihm, sogar das R einigermaßen richtig auszusprechen. „So viel wir wissen, ist sie vorerst in Sicherheit. Der Chef des Reviers, wo sie gefangen ist, ist auf unserer Seite."

Karl hätte fragen wollen, von welcher Seite er sprach. Er konnte nicht mit Sicherheit sagen, ob er einen Tibeter oder einen Chinesen vor sich hatte. Und auch falls es ein Tibeter war, so wusste er nicht, was es bedeuten würde.

„Warum ist sie verhaftet worden?" Karl sprach ziemlich lahm.

„Darüber will ich nicht sprechen. Ganz abgesehen davon, wissen Sie es. Sie haben sie ja unterwegs getroffen."

Karl lief es eisig über den Rücken, als er an die Szene in Samye dachte, an Ina, die wie ein Kind stolz auf ihren Auftrag gewesen war.

„Ist sie gefährdet?"

„Vermutlich nicht sehr. Ich glaube nicht, dass sie ihr etwas nachweisen können. Und als Ausländerin ist sie vor dem Schlimmsten geschützt, wenigstens im Augenblick."

Der Mann verstummte. Die Schatten seiner zusammengekauerten Gestalt wurden dunkler, die Sonne war untergegangen und die Nacht kommt schnell in Tibet.

Karl saß regungslos da. Seine Hilflosigkeit machte ihn stumm. Bilder von Folter und Vergewaltigung stiegen vor ihm auf. Blut, Tränen, Qual und entsetzlichste Schrecken. Die fürchterlichsten Menschenrechtsverletzungen wurden den Chinesen nachgesagt. Er fühlte sich einsam und verloren wie noch nie. Wenn er wenigstens verstanden hätte, worum es hier ging. Wenn er irgendwie hätte fragen und sprechen können, wenn er gewusst hätte, wie die Dinge in diesem Land funktionierten. Aber in diesem Augenblick wurde ihm klar, dass das moderne Tibet so schwer verständlich war wie das Tibet der alten Klöster, in deren dunklen Räumen sich neben jahrhundertealten, spirituellen Geheimnissen auch wüste Intrigen verbargen. Er war machtlos, Geisel der Mächtigen, Spielmaterial der Geschichte, wie die Abermilliarden vor ihm und nach ihm. Karls eisige Angst mischte sich mit Wut.

„Gehen Sie jetzt." Der Mann sah ihn mitleidlos an und sprach in befehlendem Ton, wenn auch mit gelassener Freundlichkeit. „Gehen Sie jetzt. Verfolgen Sie Ihr Programm wie vorgesehen. Wir werden Sie auf dem Laufenden halten. Und bitte: Unternehmen Sie nichts. Sie nützen ihr am meisten, wenn Sie sich ruhig verhalten. Falls wir handeln müssen, werden Sie benachrichtigt.."

Wieder hätte Karl wissen wollen, wer „wir" waren, aber wieder fand er die richtigen Worte nicht. Und er wagte weder sich noch den Mann zu fragen, warum er ihm trauen sollte. Wie ein geschlagener Hund trollte er sich davon. Unten an der Treppe erwartet ihn Penpa. Ihr Blick war ernst und fast kalt.

10 Das Rad des Schicksals

Das Rad des Dharmas dreht sich ewig, nach dem höchsten Gesetz. Doch auf dieser Karte dreht keiner an Fortunas Rad. Still steht es und doch hocken sie drauf, die Affen, erhöhen sich selbst und stürzen ab und schaffen sich so ihr Schicksal und beklagen es und tadeln die höhere Macht. Einer streckt seinen Schweif aus dem bunten Rock, der andere hat sich in den einengenden Kragen einer Livree gezwängt. Und der Dritte hat sich aufgeschwungen zum König. Er hat sich eine Krone geschnappt und ein Schwert und hat sich rote Flügel umgeschnallt. Er will ein heiliger Herrscher sein und bleibt doch nichts als ein Affe.

Hat man schon je ein Tier gesehen, das sich so lächerlich ausstaffiert? Nein, der Krone der Schöpfung ist es vorbehalten, sich mit Attributen Autorität zu verschaffen.

In vielen Klöstern Tibets ist an die Eingangswand das Rad des Lebens gemalt. Auf- und Abstieg von Menschen, Göttern und Dämonen sind in ihm bilderreich dargestellt. Im Zentrum des Rades kreisen Schwein, Schlange und Huhn, die Symbole für Gier, Hass und Verblendung. Diese drei Eigenschaften halten nach buddhistischer Auffassung das ewige Werden und Vergehen in Gang. Sie fesseln den Menschen und schmieden ihn an ein Schicksal, aus dem ihn selbst der Tod nicht erlöst.

Gibt es Befreiung? Die großen Religionsstifter sagen ja. Das Rad des Schicksals steht für Wandlung und kann zum Glücksrad werden. Aber der Sprung vom Rad, das Loslassen der Verkrallung in das Gewohnte, macht Angst. Veränderung kann schmerzhaft sein und das Neue schwierig. Sich dem Wechsel aussetzen, braucht Kraft und Mut. Mehr als in den meisten Menschen vorhanden ist. Doch wenn sie diese Karte ziehen, haben sie keine Wahl.

Das Mao-Porträt war mit roten Glücksschleifen garniert und bildete den einzigen Farbfleck in dem Büro, dessen grün-grau-braune Töne in einem Nebel von staubigem Schmuddel verschwammen. Auch der Mann in lehmgrauer Uniform, der Ina gegenüber saß, war farblos und grau. Mit matten Augen musterte er die junge Frau durch seine unsaubere Nickelbrille, und sein Blick ließ keinerlei Aufschluss darüber zu, was er wahrnahm und dachte.

Ina war erstaunlich ruhig und gefasst. Als sie die drei grünuniformierten Soldaten mitten im Gedränge vor dem Jokhang-Tempel angehalten und abgeführt hatten, war sie kaum erschrocken. Es schien das logische Ende dieser schlaflosen und alptraumhaften Nacht zu sein. Willig stieg sie in den Geländewagen, der sich hupend zwischen Autos, Velos und Karren durch die baumbestandenen Straßen schlängelte, hinunter zum Fluss und dann nach Osten. Sie fuhren durch ein großes eisernes Tor und kamen in einen Hof, der von kasernenartigen, großen Gebäuden umgeben war. Die Soldaten führten sie ins Hauptgebäude, wobei sie sie einigermaßen rücksichtsvoll behandelten. Und nun saß sie in diesem Büro und schaute auf den altmodischen Ventilator, der auf dem Schreibtisch stand und dessen abgewetztes Kabel sich vor ihren Füßen schlängelte. Er war nicht eingesteckt.

Der Funktionär war alt und sah vertrocknet aus wie eine Mumie. Über seinem Schädel spannte sich glatt die Haut. Sein Haaransatz war schon weit nach hinten gerutscht. Der Mund war schmal wie ein Schnitt und seine Stimme leise. Er klopfte mit seinem Bleistift auf die Schreibunterlage, während er Ina hartnäckig musterte. Dann sagte er etwas. Seine Stimme war undeutlich und Ina antwortete auf Englisch, dass sie ihn nicht verstünde. Und als er die gleichen Worte wiederholte, sagte sie das Gleiche noch einmal mit den paar Brocken tibetisch, die sie beherrschte.

Der Mann blieb unbewegt. Schließlich raffte er sich zusammen und schrieb etwas auf. Dann bellte er etwas ins Telefon. Und dann saß er wieder wie zuvor und schaute Ina an. So verging etwa eine Viertelstunde, dann kam ein Soldat, salutierte, und bedeutete Ina, mit ihm zu kommen. Folgsam stand sie auf. Sie wurde durch den langen Korridor des Gebäudes geführt, eine steinerne Treppe hinunter ins Untergeschoß und in eine Zelle eingeschlossen.

Ina war todmüde. Und so legte sie sich augenblicklich auf die Bank, auf der ein dünnes Kissen und eine Wolldecke lagen, das einzige, was es in dem Raum gab außer einem Kübel. Sie schlief sofort ein.

Als sie erwachte, war es stockdunkel und außer Motorengeräusch gab es nichts zu hören. Vielleicht lief ein Generator oder eine Kühlanlage. Ina hatte Hunger und Durst, aber sie war ans Fasten gewöhnt, so dass es sie nicht beängstigte. Sie setzte sich im Lotussitz auf die schmale Bank und dachte über ihre Situation nach.

Sie saß vor einem Scherbenhaufen!

Fast vier Jahre war es her, seit sie von zu Hause geflohen war, weg von einem Mann, der ihr Lehrer gewesen war und der sie mit knappen Fünfzehn zum Spielzeug seiner Gier gemacht hatte. Und sie, unerfahren und schutzlos, hatte ihn geliebt, mit der Heftigkeit ihrer ungezähmten Seele, die ihr auch jetzt wieder zum Verhängnis geworden war – im Moment, in dem sie die Hand nach Karl ausgestreckte. (Oder in dem sie Karl erlaubt hatte, die Hand nach ihr auszustrecken. Wer wusste schon zu sagen, was wahr war.) Jahrelang war sie in ihrer Liebe verfangen geblieben, hatte mit ihrer ganzen Intensität nichts anderes gewollt, als in der Nähe des geliebten Mannes zu sein. Dieser aber war erschrocken über die Stärke ihres Gefühls, dem er nichts als etwas Erfahrung entgegenzusetzen hatte. Er verwöhnte sie zwar, verzaubert von ihrer Anbetung, hielt sie aber hin, verwundert über ihren Gefühlsüberschwang, und wich ihr aus, wann immer sie ihm zu heftig wurde. Und Ina ließ sich abspeisen, verzehrte sich nach ihm in den langen Pausen zwischen ihren kurzen und leidenschaftlichen Treffen, nach denen er lustgesättigt wieder in sein Familienleben zurückkehrte, das durch den verbotenen Genuss einen seltsamen Glanz erhielt.

Doch dann, eines Tages, war das Maß voll geworden. In einem einzigen, plötzlichen Augenblick sah sie sich und diesen ältlichen Lehrer und wusste, dass es Zeit war zu gehen. Sie packte ihren Rucksack und verließ das Land.

Das Weggehen war eine Art Tod gewesen und Ina hatte ihn in seiner ganzen Bitterkeit gekostet. Doch die Aufregungen der Reise hatten sie abgelenkt und ihr Herz langsam aber sicher zum Schweigen gebracht. Der Schmerz schlummerte, wie ein zahmes Haustier, das sich unsichtbar zum Schlafen in eine Ecke verkrochen hat.

Und dann war der Moment unter der Palme in Goa gekommen, völlig unerwartet, erschreckend überraschend. Plötzlich war alles still in ihr geworden. Der Schmerzknoten in ihrer Brust löste sich auf und machte einer unendlichen Weite Platz. Sie wusste nicht mehr, wer sie war und wo sie war. Verwundert stellte sie fest, dass sie trotzdem noch wahrnehmen konnte. Es war ein Schweben im Nirgendwo. Sanftes, helles Licht und Friede breiteten sich ins Grenzenlose aus und trugen sie. Es dauerte Stunden.

Damals erlebte sie, dass es Befreiung gibt und sie versprach sich, diese erneut zu erreichen. Das war das einzige, was ihr danach noch wichtig schien. Und die Lehre des Buddha Shakyamuni wies ihr den Weg.

Sie war ins Kloster gegangen und hatte gelernt, dass Leiden unvermeidlich ist, solange Begierde und Bindung bestehen. „Dies ist die heilige Wahrheit von der Leidensauflösung", hatte der Buddha gelehrt: „die Aufhebung des Durstes, die restlose Vernichtung des Begehrens, das Fahrenlassen, sich Entäußern, Loslassen."

Und so hatte Ina loslassen und verzichten geübt, in Ashrams im Süden von Indien, in Klöstern im indischen

Norden und schließlich im tibetischen Kloster in Katmandu, wo sie nach langem Bitten ein Lama als Schülerin akzeptiert hatte und wo sie schließlich den Entschluss fasste, das Gelübde einer Nonne abzulegen. Begeistert von dieser Aussicht hatte sie neben ihrer Arbeit meditiert und studiert, voller Hingabe war sie nach Lhasa gekommen, in den Jokhang, den sie als ihre geistige Heimat zu betrachten gelernt hatte. Vertrauensvoll hatte sie sich in den Dienst ihrer Mönchsbrüder gestellt. Und sie hatte ganz und gar an ihre Mission geglaubt.

Und nun war sie verhaftet worden. Aber das war nicht das Problem. Sie saß und starrte ins Dunkel und wusste, alles war vorbei. Sie hatte sich selbst getäuscht. Mit Entsetzen wurde ihr klar, dass ihre ganzen Bemühungen umsonst gewesen waren: Sie hatte weder ihrer Vergangenheit abgeschworen noch war sie bereit, ihre Zukunft loszulassen.

Ina begriff in diesem schweren Moment, dass verzichten eine Sache ist, verzeihen aber eine andere. Und sie verstand, dass sie zwar wohl ihren ehemaligen Geliebten aufgegeben hatte, aber dass sie noch nicht die Kraft aufbrachte, ihm und sich ihr gemeinsames Scheitern zu verzeihen. Eine heimliche Wut auf alles Männliche hatte sie die ganze Zeit beherrscht und hielt sie noch immer im Griff. War sie nicht grausam zu Karl gewesen? Hatte sie es nicht genossen, ihn anzuziehen und gleich darauf brutal wegzustoßen? Ja, sie hatte ihm übel mitgespielt. Aber indem sie ihn quälte, hatte sie sich selbst verletzt.

Diese Einsicht versetzte ihr erneut einen Schlag. Und nun fiel, wie ein zweiter Schlag, die Sehnsucht über sie her. Der Wunsch nach Karl fegte durch ihren Körper und verdrängte alles andere. Sogar die Angst vor ihrer Situation. Es gab nichts als diesen lauten Schrei ihres Körpers nach ihm. Und sie wusste nicht, ob sie nach seinem Körper oder nach seiner Seele rief. Oder ob sie Verzeihung suchte.

11 Die Kraft

Vor dem Nichts stehst Du, ohne Unter- und Hintergrund, und greifst in den Rachen eines Löwen, der sich an Dein Knie kuschelt wie ein Schoßhund. Das ist die wahre Kraft: Du hältst das Untier nicht einfach nur in Schach, nein, Du zähmst es. Du bringst es dazu, dass es sich weich macht und sich Dir hingibt. Mit bloßen Händen greifst Du ihm in den Schlund. Dabei hat dieser Löwe Zähne wie Sägen und sein großes Auge blickt böse. Und trotzdem drückt er sich an Dich, als ob er sehnsüchtig den Kontakt zu Dir suchte. Als ob er der Form und dem Gegendruck Deines Schenkels nicht widerstehen könnte.

Und Du? In sauberer Tracht stehst Du. Fest. Einen Fuß hast Du vorgestellt, um Dich gut zu verankern. Der Schuh scheint einfach, so einfach wie Dein geschnürtes Kleid. Nur der wallende Mantel, der von Deiner Schulter fällt, und die weiten, gefälteten Ärmel zeigen, dass Du nicht zu den Armen gehörst. Du scheinst unbeeindruckt. Ausdruckslos ist Dein Blick. Dein wohlgeordnetes Haar ist unter einem Schlapphut verborgen, der mit seiner Krempe das Zeichen für Unendlichkeit andeutet.

Du bist die Kraft, das innerste Selbst, das letzten Endes alles im Griff hat. Dein Stehen ist sicher, auch wenn keiner weiß, worauf Du stehst. Mit Deinem klaren Haupt reichst Du in andere Dimensionen, von denen aus Du auch das Chaos beherrschst. Das gibt Dir Ruhe und eine Selbstverständlichkeit, die selbst die Naturkraft zu Deinem Spielgefährten macht. Wer so in sich ruht, dem ist nicht beizukommen. Darum bist Du die Karte des Muts und der Bewältigung, des Siegs des Geistes über den Stoff.

Es wurde dunkel. Die Geräusche auf dem Hof verstummten und alles wurde still. Nur Hundegebell brandete regelmäßig auf, manchmal nahe, meistens fern. Es klang wie eine seltsame Naturmusik, die an- und abschwoll und Wellenmuster in die stille, dunkle Nacht zog, Zeugen einer merkwürdigen Welt, die in der Dunkelheit mit Tausenden von Schnauzen und Pfoten die Herrschaft übernommen hatte.

Auch Ina war ruhig geworden. Sie saß, in die dünne Decke gewickelt, meditierend auf ihrer Bank. Ihre Selbstvorwürfe hatten sich gelegt und nun untersuchte sie nüchtern, wen sie vor sich hatte, wer sie war. Sie hatte sich stark und überlegen gefühlt, ja sogar auserwählt, und dabei war sie doch immer nur auf der Flucht vor ihrem Schmerz gewesen. Sie hatte versucht, die Wunde nicht zu fühlen und so zu tun, als ob es diese gar nicht gäbe. Aber nun sah sie die alten Verletzungen und wie sie dabei war, sich neue zuzufügen. Und plötzlich war sie dankbar für ihre Schwierigkeiten: Für die Verhaftung, die sie zum Anhalten gezwungen hatte, und für diese Zelle, von der aus sie nun ihr Leben so deutlich wie noch nie sehen konnte.

Plötzlich wusste sie mit absoluter Klarheit, was zu tun war. Sie musste so schnell wie möglich freikommen und Karl wiederfinden. Sie wollte sich bei ihm entschuldigen. Es war nötig, ihn sehen, um zu verstehen, um was es jetzt ging. Das war das einzige, was jetzt wichtig war, herausfinden, was das Leben mit ihr vorhatte. Welches war ihre Rolle? Und wäre sie bereit, sie anzunehmen? Plötzlich wurde ihr klar, was loslassen bedeutet: Sich einzulassen auf das, was sein würde. Sich bedingungslos ausliefern an das, was war. Sie hatte sich eingeredet, sie wäre befreit, aber tatsächlich hatte sie sich abgeschottet, von all dem, was hätte sein können.

Sie fühlte Kraft und Mut in sich. Nur manchmal, wenn draußen auf dem Hof der Wind mit plötzlicher Heftigkeit an lockeren Ziegeln und Balken rüttelte, wehte ein Anflug von Verzweiflung und Angst durch sie hindurch und ließ sie erschauern. Dann suchte sie sich erneut in ihrem geschulten, regelmäßigen Atem. Und über das Atmen fand sie zu ihrer Ruhe zurück, einer Ruhe wie stilles Wasser, einem Vertrauen, das in ihrem tiefsten Innersten und unendlich war. Noch nie war sie so sehr in Gefahr gewesen.

Und noch nie hatte sie diesen Frieden und die innere Ge-
löstheit so lange und deutlich festhalten können. Darum
genoss sie diese Stunden, bis endlich der Morgen hinter
dem vergitterten Fenster graute und mit ihm die Geräusche der Menschen erwachten.

Ein Soldat brachte ihr eine Schüssel voll klebrigem Reis
mit etwas dünner Sauce und einen großen Thermoskrug
mit grünem Tee. Ina hätte gerne zuerst getrunken, denn
sie war sehr durstig, aber sie musste zuerst den Reis aufes-
sen, um ein Trinkgefäß zu haben. Als sie die fade, klebrige
Masse halb herunter gewürgt hatte, befeuchtete sie diese
mit Tee und aß nun genussvoll die dickflüssige Reis-Tee-
Suppe. Und als sie nun endlich die Tasse leer hatte und in
kleinen Schlucken trinken konnte, zog die Wärme des
heißen Getränks wohlig durch ihren Körper. Fast behaglich wurde ihr zumute. Und ihr Verstand fragte sich, ob
sie nicht zu leichtsinnig mit dieser gefährlichen Situation
umginge.

Nach dem Essen legte sie sich hin und deckte sich mit
der Decke zu. Es gelang ihr, sich zu entspannen und in
dämmriges Dösen zu verfallen. Sie sah die braunen Augen
aus dem Tempel vor sich, die sie aus dem Gesicht von
Karl heraus fragend musterten. „Was willst Du?" flüsterte
sie, plötzlich gequält, ohne zu wissen, an wen sie ihre Frage richtete. Aber die Augen starrten nur und antworteten
nicht.

Dann rüttelte ein Soldat an ihrer Schulter, befahl ihr mit
Gebärden, aufzustehen und mitzukommen. Sie wurde
wieder in das schmuddelige Büro mit dem Ventilator geführt. Aber nun saß ein junger chinesischer Offizier mit
Goldrandbrille hinter dem Schreibtisch. Er erhob sich
höflich, um Ina zu begrüßen, wies sie auf ihren Stuhl und
winkte den Soldaten aus dem Zimmer. Er sprach ausgezeichnet Englisch und hatte wunderschön geschnittene,
sinnliche Lippen, die Ina schön fand. Doch sie war auf
der Hut.

„Sie haben also ein bisschen Agent gespielt!" Er sagte es lächelnd, während er die Papiere musterte, die vor ihm lagen. Dann schaute er auf und sah Ina scharf an. Sein Blick war klar und interessiert und nicht bedrohlich. Ein intelligenter, nicht unsympathischer Mann war das. Doch Ina ließ sich nicht fangen.

„Ich weiß nicht, wovon sie sprechen. Ich bin bei einem Spaziergang von der Straße gezerrt worden ohne dass ich wüsste, wieso. Ich verlange augenblicklich einen diplomatischen Vertreter zu meinem Schutz und meiner Verteidigung. Schließlich sind wir hier ja wohl nicht bei den Barbaren und selbst die Chinesen wissen wohl, was Menschenrechte sind. Ich verlange, dass sie mich augenblicklich freilassen!"

Ina war selber erstaunt, wie mutig und selbstsicher sie auftrat. Auch der Offizier musterte sie mit einiger Verblüffung, so dass sie ihm beinahe gesagt hätte: Was erwarten Sie denn von mir, dass ich mich Ihnen zum Fraß vorwerfe? Aber sie blickte ihn einfach nur böse an.

„Nun mal langsam", der Offizier nahm ihren aggressiven Ton nicht auf, „Sie haben gehandelt und Sie müssen für Ihr Handeln die Verantwortung übernehmen. Wir wissen, dass Sie ein Paket nach Samye gebracht haben."

Ina versuchte, erstaunt zu gucken. „Ein Paket nach Samye? Ich war in Samye, ja, aber ich hatte nichts dabei als meine persönliche Tasche und etwas Picknick. Man muss Sie falsch informiert haben."

„Sie sind bekannt als Schülerin des Lama Njima Tulku Rimpoche."

„Das ist wohl nicht verboten. Selbst die chinesische Verwaltung propagiert Religionsfreiheit."

„Religionsfreiheit, sicher. Aber nicht Konspiration."

„Es ist keine Konspiration, sich von Mönchen belehren zu lassen." Ina sagte es nicht aggressiv, aber mit Unnachgiebigkeit.

„Wissen Sie, was diese Mönche diesem Volk angetan

haben?" Der Offizier seufzte und sah hinunter auf den Bleistift, den er in seinen Fingern drehte. „Sie sind doch eine aufgeklärte Frau, Sie können sich doch nicht zur Dienerin dieser restaurativen Tendenzen machen."

„Ich verstehe nicht, was Sie meinen." Ina sagte es lahm. Sie fühlte seinen Ernst, ohne zu verstehen, auf was er hinaus wollte.

„Ich bin Chinese", sagte der Offizier, immer noch mit gesenktem Blick, „und jeder nennt mich hier einen verdammten Eindringling und Eroberer. Aber wisst Ihr Westler eigentlich, wie es hier ausgesehen hat, bevor wir Chinesen gekommen sind?"

‚Es gab ein paar tausend Klöster mehr', hätte Ina gerne geantwortet, aber sie hielt es für klüger, zu schweigen.

Der Offizier nahm das Telefon und sagte in gereiztem Ton ein paar Worte. Dann schwieg er. Es vergingen ein paar Minuten bis sich die Tür öffnete und ein Soldat Thermoskrug und Tassen brachte. Kitschige gelbe Rosen umwölkt von einem rotem Grund blühten auf dem Krug, aus dem der Offizier nun einschenkte. Ina dachte, dies sei ein merkwürdiges Verhör.

Der Offizier reagierte augenblicklich, als ob er ihre Gedanken gelesen hätte. Er kehrte auf seinen Platz zurück, nahm ein Papier hoch und sagte, ablesend:

„Man hat sie beobachtet, wie sie am Montag und am Dienstag Abend das Hotel verließen. Sie gingen in die Altstadt, danach zum Jokhang und trafen zweimal mit dem gleichen Mönch zusammen. Am Mittwoch fuhren sie nach Samye. Sie hatten das Paket bei sich, das sie am Abend vorher erhalten hatten. Sie schlossen sich dann einem Deutschen an, und kehrten mit ihm nach Lhasa zurück. Dieser Deutsche ist im Moment unterwegs nach Shigatse. Genügt Ihnen das, um einzusehen, dass Sie uns nicht für dumm verkaufen können?"

Ina zuckte die Schultern und sagte nichts. Das sah etwas trotziger und selbstsicherer aus, als sie sich fühlte. Sie langte nach ihrer Teetasse und trank in kleinen Schlucken.

„Wir wissen, dass der tibetische Klerus gerne den Idealismus junger Leute aus dem Westen missbraucht, um seinen alten Herrschaftsanspruch geltend zu machen."

„Sie verwechseln spirituelle Aktivitäten mit politischen", murmelte Ina, die das Bedürfnis hatte, die Lamas in Schutz zu nehmen. Der Offizier lächelte, auf dieses Stichwort hatte er gewartet.

„Das ist das Problem in diesem Land, dass sich das nicht auseinanderhalten lässt." Er sah sie geradeaus und freimütig an. „Hier war die Religion immer auch die politische Macht, wie bei Ihnen im Mittelalter, als die Päpste über die Kaiser herrschten. Den Klöstern gehörte das Land und sie beuteten die Bauern gnadenlos aus und bekämpften sich gegenseitig mit Intrigen und Waffen. Das hatte viel mit Machtpolitik und wenig mit Spiritualität zu tun. Darum haben sich die großen Heiligen auch meistens in die Wildnis abgesetzt und den Betrieb an den Klöstern verurteilt." Der offensichtlich ausgezeichnet geschulte Offizier hatte sich in Begeisterung geredet und sann nun eine Weile still vor sich hin. Er schien tatsächlich an das zu glauben, was er erzählte und wirkte besorgt, als er schließlich fortfuhr: „Wir Chinesen haben den Tibetern den säkularen, den von der Religion getrennten Staat gebracht. Das ist für die modernen Staaten im Westen eine Selbstverständlichkeit. Aber hier soll das schlecht sein, hier wird es uns vorgeworfen. Auch bei Euch verschwinden die kleinen Bauern und Fischer. Ihr opfert sie rücksichtslos dem Fortschritt. Aber hier bei uns erklärt ihr dies zum Verbrechen."

„Die Chinesen sind sicher nicht nach Tibet gekommen, weil sie Mitleid mit den rückständigen Tibetern hatten. Das nehme ich Ihnen nicht ab." Ina brachte den Einwand fest vor, aber nicht böse, denn sie wurde nun traurig. Sie dachte an die Gräuel der Besetzung, die entsetzlichen Opfer der Kulturrevolution, an die vielen politischen Gefangenen, die noch immer in Gefängnissen und Lagern darbten. Über diesem Land lag unendliches Leid und es wollte sie in diesem Moment erdrücken. „China hat Tibet aus strategischen Gründen besetzt, um eine sichere Grenze gegen Indien zu haben." Ina sagte es schleppend. Die Gedanken an all das Elend erschöpften sie.

„Und wenn schon", knurrte der Offizier, „die tibetischen Länder haben schon immer zu China gehört und es war die Verantwortung unserer Regierung, ihre Grenzen zu sichern und gleichzeitig dafür zu sorgen, dass hier endlich Schulen und Spitäler und Arbeitsplätze entstehen. Haben Sie unsere Schulen und Spitäler gesehen, Miss?"

Ina nickte. Tatsächlich war sie beeindruckt gewesen von der Infrastruktur, die es hier gab und die, im Vergleich zu Nepal, zumindest in den größeren Tälern allen Menschen zur Verfügung stand.

„Glauben Sie, dass die Tibeter je Schulen und Spitäler gebaut hätten, wenn wir sie einfach in Ruhe gelassen hätten? Glauben Sie, dass sie Straßen angelegt und die Talsohlen aufgeforstet hätten, um sich gegen Versteppung und das Wachsen der Wüste zu schützen?"

Ina zuckte die Schultern. Tatsächlich glaubte sie es nicht.

„Auch wenn das alles stimmt", sie sagte es matt, sie hatte keine Kraft mehr, um zu streiten, „auch wenn das alles stimmt: Sie nehmen einem Volk die Selbstbestimmung und das kann kein Volk dulden."

„Glauben Sie mir", der Offizier spürte, dass er nun die Oberhand gewonnen hatte und redete sich in Begeisterung, „wir sind das kleinere Übel. Wenn wir das Dach der Welt je verlassen, wird es brennen. Die Menschen hier wollen nicht unter die Herrschaft der Klöster zurück. Die Klöster aber werden um ihre Macht kämpfen, wie sie es seit jeher getan hatten. Und zwar auch blutig, wenn es sein muss."

Er sah sie lange an, so dass Ina fast verlegen wurde.

„Wenn Sie dieses Land wirklich lieben", sagte er schließlich, und er sagte es weich, so als ob ihm Tibet tatsächlich am Herzen läge, „dann sollten Sie mit uns zusammenarbeiten."

Nicht, so lange Ihr Leute einsperrt, weil sie die Menschenrechte verteidigen, nicht so lange Ihr hier die Diktatoren spielt und den Tibetern ihre angestammte Lebensart verbietet, dachte Ina abwehrend, aber sie sagte nichts mehr. Sie war unendlich müde und nahe daran zu weinen.

12 Der Gehängte

Dein Schopf hängt, von der Schwerkraft beherrscht, zur Erde. Spürst Du sie durch Deine Haarspitzen, die gerade noch knapp den Boden berühren? Steigt etwas auf, aus der Mitte dieses Planeten, fließt es durch Deine Haare hindurch und hinein in Dein Gehirn? Und löst es dort Blitze aus?

Du hast Dich freiwillig aufhängen lassen, das sieht man Dir an. Du blickst offen und interessiert. Und Dein freies Bein ist neckisch angezogen. (Auf der anderen Seite: Wie solltest Du es anders halten: Die Schwerkraft zieht Deinen Fuß nach unten.)

Trotzdem, ich glaube, Du hängst aus freiem Willen. Ich glaube, Du bist nicht gefesselt, Du hast Deine Hände bewusst auf dem Rücken verschränkt . Dies wiederum spricht für ein gewolltes Kreuzen der Beine, denn, wenn Du Dich einfach der Schwerkraft überlassen hättest, würden auch Deine ungebundenen Arme nach unten sinken.

So hängst Du also an einem Bein, die Brauen in Aufmerksamkeit zusammengezogen. Im ersten Moment muss Dir das Blut in den Kopf geschossen sein, nun aber dreht es sich wieder im Takt, doch löst dieser ebenfalls Schwindel aus. Du siehst die Welt also nicht nur verkehrt, sondern auch verschwommen und geheimnisvoll, gefiltert durch den Schleier aus pulsierendem Blut. Wahrscheinlich ist es das, was Du willst: Aus dem Wolkigen und Vernebelten eine neue und klarere Sicht der Welt gewinnen: Odin, Schamane hän-

gend am Weltenbaum, diesem Symbol für sämtliche Ebenen von Stoff und Geist.

Aber es ist ein Prozess: Bevor die Bilder aufsteigen, falls sie geruhen, Dich zu beehren, hängst Du hier, nicht besser als ein Verurteilter. Und Du spürt Deinen Körper als Last und die Welt als Schmerz.

Im Tarot bist Du die Karte der Schwierigkeit, der Behinderung, des Wartens auf die Entscheidung, die Entscheidung selber und das Leid, das diese manchmal auslöst. Ist es nicht so, dass wir alle verurteilt sind, immer wieder den Schmerz der Entscheidung zu suchen, weil wir das Dauerhafte freiwillig nicht aushalten wollen?

Folgsam wie ein Schaf und von Sorge betäubt war Karl in seinen Wagen gestiegen und hatte sich aus Lhasa wegfahren lassen, obwohl er etwas fühlte, das ihn zurückhalten wollte. So ließ er, innerlich zerrissen, einmal mehr die Bilder der Landschaft an sich vorbeiziehen, ohne sie wirklich in sich aufzunehmen: die kniehohen Furchen der Kartoffeläckerchen und das Grün der sprießenden Gerste, das einen schütteren Teppich bildete, der vom Wind in breiten Strichen gestriegelt wurde. Der Fluss lag träge und breit wie stehendes Wasser in der Talsohle. Ein gemalter, gelber Buddha, der von einer hohen Felswand lächelte, spiegelte sich in einer teichartigen Pfütze die zu seinen Füßen lag. Tashi, der Fahrer, wirkte an diesem Morgen grimmig und wild. Er fuhr so schnell, wie es die asphaltierte Straße überhaupt erlaubte. Penpa saß wortlos daneben. Sie hatte ihr perlendes Lachen verloren.

Bei der Brücke kontrollierten Chinesen die Passagierscheine, die ihnen mürrisch und mit nicht verhohlenem Widerwillen entgegengestreckt wurden. Tashi sagte kein Wort und Penpa schaute mit unleserlichem Blick geradeaus auf das Wasser. Dann ging die Fahrt weiter über schottrige Pisten. Der wilde Tashi hielt seinen Fuß aber weiterhin erbarmungslos auf dem Gaspedal, so dass sie alle heftig durchgeschüttelt wurden. Wieder wurde das Tal wüstenartig trocken: Schotter und Sand, Hügel und Berge aus Geröll bildeten nichts als diese immer gleiche, große Leere, in der kein Leben möglich schien. Gelegentlich führten kleine Wege die Abhänge hinauf, meistens zu einem der kleinen weißen Tempelchen, das für die Schutzgeister eines in der Einsamkeit verlorenen Dorfes errichtet worden war und auf dessen Dächer Bündel dürrer Äste befestigt waren an denen bunte Gebetsfähnchen im Winde zappelten.

Nach einer weiteren Kontrolle an einer chinesischen Straßensperre verließen sie die Talstraße in Richtung Berge. Eine Passstraße, auch sie ein Schotterweg, nahm ihren Anfang. Und nun begann ein in jeder Beziehung atemberaubender „Aufstieg". Tashi fuhr mit ungezügeltem Temperament und wildem Elan in die steilen, unübersichtlichen Kurven und bremste immer erst dann, wenn die Straße nach rechts oder links zur Seite wich. Dann trat er brüsk auf die Bremse, während die Schwerkraft des Autos dieses geradeaus weitertrieb, auf die Leere und den Abgrund zu. Jede Kurve wurde so zum wilden, rutschenden Selbstmordversuch, den ganz offensichtlich nur eine höhere und sehr wohlmeinende Bestimmung zu vereiteln wusste. Doch Karl erhob weder Einspruch noch wehrte er sich. Er war so geistesabwesend, dass er an dieser Höllenfahrt nicht einmal Anstoß nahm, sondern nur einfach dumpf beobachtete, wie sie sich ruckend und zuckend den Hang hochschraubten, das Tal unter sich zurückließen und schließlich Aug in Auge mit den Spitzen der schottrigen Fünftausender waren, die das Tal des Tsangpo begrenzen. Die wenigen Dörfer sahen von oben nicht anders aus als kleine Unregelmäßigkeiten im Gelände, Steine, die ein wenig verschoben zwischen den andern Steinen lagen. Irgendwo blinkte ein Streifchen Wasser, von einem verlorenen Sonnenstrahl mit Glanz versehen. Ganz weit in der Ferne lag wie Schimmel noch ein wenig

Grün, sonst herrschten die trockenen Farben der Wüste. Und über sie spannte sich durchsichtiges Hellblau, ein Himmel, der kein Ende nehmen wollte, da und dort mit dicken weißen Wolken punktiert. Karl verlor sich gedankenlos in dieser Sicht der Weite, er spürte nichts mehr, vergaß alles, auch Worte, Sorgen, Gedanken, Ängste. Wie die Bergspitzen um ihn herum war er entfernt und einfach da. Seine Losgelöstheit kam aber nicht von der dünnen Höhenluft, sondern von der Erschöpfung der vergangenen Tage.

Endlich erreichten sie die Passhöhe und stiegen aus. Tashi zeigte voller Stolz auf die vielen Steinhaufen, die hier zur Ehre der Bergwesen aufgeschichtet worden waren, Steine, die aufgelesen und mit einem frommen ‚Om mani padme hum' besprochen, zu heiligen Manisteinen wurden: Geschenke für die Götter, Schutz vor bösen Geistern, eine Referenz vor dem Unsichtbaren. Ein steifer Bergwind ließ die bunten Stofffetzen knattern, die einst gedruckte Gebete getragen hatten. Doch jetzt waren die Schriftzeichen verblasst und weggefressen vom rauen Bergklima. Aber das spielte keine Rolle: Mit jeder Bewegung des Windes wurden die heiligen Mantras dennoch in die Luft und in die Welt gewirbelt. Hier betete es von selbst. Und zwar besonders wirksam, weil der Wind so heftig blies. Und darum hatten die Leute von weit her kleine dürre Bäumchen heraufgeschleppt und an ihnen bunte Tücher und Wimpel befestigt. Zum Wohle aller fühlenden Wesen, die noch unerlöst waren. Aber auch viele Reisigbündel gab es, behängt mit Fähnchen und weißen Glücksschals und mit Bäuschen von roher Schafwolle und farbigen Fäden geschmückt. Einzelne Geweihe betonten zusätzlich den heiligen Ort. So war der ganz Berg ein Altar für die Götter, von Menschen errichtet, die wussten, dass sie Schutz vor den Naturkräften brauchten, denn diese herrschten hier mit gnadenloser Grausamkeit.

Hier oben wurde der wilde Tashi nun ganz mild und lächelnd. Er rauchte eine Zigarette und bot heißen Milchtee an. Seine Augen leuchteten und er schien unbeeindruckt von Karls Verschlossenheit und dem giftigen Bergwind, obwohl er wie stets nur ein buntes Leibchen und seine Jacke trug. Wie oft hatte Karl ihn schon in dieser Jacke, einem klassisch geschnittenen Tweedblazer, gesehen, vom Staub der Straße weiß eingepudert. Aber immer stand der junge Mann am Morgen wieder blitzblank da, wie einer romantischen Reportage eines Modemagazin entsprungen, das dicke, glänzend dunkle Haar mit etwas Fett an den Kopf geklebt, glatt rasiert, die Zähne blank, die athletischen Hände gepflegt und sauber. An den Füßen trug er Adidas, ein Statussymbol, wohl das Geschenk eines dankbaren Touristen. Die Schuhe wirkten allerdings bereits ein bisschen abgenützt.

Als Karl seinen Tee getrunken hatte, wischte Penpa den Becher aus und füllte ihn für Tashi. Als dieser ausgetrunken hatte, winkte er Karl, ihm ein paar Schritte zu folgen. Und dann sah Karl den See.

Seine Farbe war unglaublich: Türkis, aber grünlich, wie ein seit Jahrhunderten getragener Stein. Das Wasser schien vor Kälte opak wie der Halbedelstein, den indianische Krieger zum Schutz vor Verwundung tragen und Tibeterinnen, um Schönheit und Reichtum zur Geltung zu bringen und um ihr Glück zu erhalten. Karl stand gebannt. Er blickte auf den See, der nur ein paar hundert Meter unter ihm das Tal füllte, geformt wie das seltsame Zeichen einer fremden Schrift. Die Hügel, die ihn umkränzten, wirkten fahl und samten, der hellblaue Himmel verblasste vor dem Türkis zu weiß. Diese Farbe bewirkte etwas in Karl, schien ihm etwas mitzuteilen, enthielt eine Geschichte und deren Auflösung, aber Karl war nicht in der Lage zu erfassen, was er dumpf in sich fühlte. So stand er nur einfach erstarrt, bis ihn die Kälte tatsächlich steif werden ließ und Tashi ihn besorgt zurück zum Wagen winkte.

Die Straße wand sich sanft nach unten zum See und Tashi, der die Aussicht ebenfalls genoss, fuhr sie gemächlich und rücksichtsvoll. Am Ufer lag ein verlorenes Dorf und es schien die einzige Besiedlung weit und breit zu sein. Nur Yaks, die wie schwarze Flecken über das Land verteilt waren, deuteten darauf hin, dass es hier außer Wasser, Erde und Luft auch noch Lebendiges aus Fleisch und Blut gab.

Der Weg wurde nun flach und folgte dem Ufer. Das Wasser wurde dunkler, je weiter sie nach Westen gelangten und bevor sie noch am Ende des Sees ankamen, blitzten weiße Berggipfel aus einem Seitental. Die Felsriesen des Himalayamassivs zeigten sich in ihrer herrschaftlichen Pracht und wurden sichtbarer und größer mit jeder Stunde, die sie weiterfuhren. Der See verwandelte sich schließlich in Sumpfland, um schließlich ganz zu versanden. Es gab wieder Dörfer zu sehen. Und Ruinen. Denn die Chinesen hatten auch in diesem verlorenen Tal ihr zerstörerisches Tun mit der Unerbittlichkeit eines Uhrwerks ablaufen lassen. Selbst an diesen verborgenen Ort, wo es nichts gab, als eine diktatorische Natur, gegen die die Menschen schutzsuchend ein paar Steine aufgeschichtet hatten, waren die Invasoren gekommen und hatten die Mauern geschleift. Wie viel Energie und Einsatz musste er gekostet haben, dieser Rundumschlag, in einer Höhe, in der selbst das Atmen eine Anstrengung sein kann, in einer Welt, in der es außer Extremen kaum etwas gibt: Eisige Höhen, tiefe Temperaturen, ein Wind, der alles ausdörrt und eine gnadenlose Sonne, die durch die dünne Luft brennt wie durch eine Lupe.

Die Hochebene, die sie nun durchquerten, war leer. Es gab keine Anzeichen von Mensch oder Tier und auch Gebetsfähnchen waren selten. Während sie im Tsangpo-Tal jeden hervorstechenden Punkt in der Landschaft schmückten, sei es ein großer Stein oder ein Berggipfel oder eine Stromschnelle, so blieb sich hier die Landschaft selbst überlassen. Nur auf gewissen Hügeln war das heilige Mantra in Glimmersteinen ausgelegt, lesbar über weite Distanzen. So erhielten die Steine Zungen und beteten im Sonnenglanz. Die Ebenen am Ende des Sees waren bepflanzt gewesen oder wurden zumindest als Weideland genutzt. Jetzt aber zeigte die Landschaft wieder ein leeres Gesicht, flach und ausdruckslos. Eine Windhose, ein Geisterwind, wie Penpa sagte, zog in einiger Entfernung vorbei. Der Wirbel, der Erde und Himmel verband, musste, aus der Nähe gesehen, wohl ziemlich bedrohlich wirken. Von weitem aber war er nichts als ein Stück Leben, das etwas Bewegung in die erstarrte Wüste brachte.

Dann erreichten sie den Karo La Pass. Karl war zum ersten Mal in seinem Leben auf über 5000 Meter Höhe und empfand so etwas wie Ehrfurcht. Zu seinem Erstaunen ging sein Atem normal. Und er stand ihm erst still, als er den Gletscher sah, ein riesiges Feld aus schrundigem Eis, das die Bergflanke bedeckte und sich auftürmte wie eine Geisterstadt, mit Hochhäusern und Highways, mit Brücken und Straßenfluchten, die sich in Abgründe öffneten. Ein Labyrinth, das immer wieder Wege anbot, die ins Leere führten, eine Scheinkonstruktion, die Irrsinn war. Die Sonne war bereits hinter den hohen Bergkuppen verschwunden aber trotzdem irrlichterten helle Reflexe durch die Säulen und Höhlen, die sich Stockwerk über Stockwerk türmten. Es sah so aus, als ob sich etwas bewegte, als ob hellerleuchtete Autobusse durch das Chaos führen, als ob Suchscheinwerfer irgendwelchen Gestalten folgten. Und dann, es schien unglaublich und Karl spitzte die Ohren, gab der Gletscher seltsame Geräusche von sich: Ein Knacken zuerst, dann ein Ächzen und Wimmern, wie ein Chor von unglücklichen Stimmen, ein Gesang von leidenden Wesen: Eingeschlossene Ich-weiss-nicht-was, Geister, Gefangene, Gefühle, ließen ihr Unglück in schaurigen Tönen erklingen. Karl gefror und wollte zersplittern, wie das Eis vor ihm.

Doch plötzlich hörte er Wasser rauschen, sah den Bach, der unten aus dem Gletscher floss. Und dieses Rauschen löste den gefährlichen Bann der Geisterstimmen. Mit einem Mal spürte auch er ein Fließen in sich. Eine Woge fuhr durch seinen Körper, dass er für einen Moment zu fallen meinte. Er erschrak. Aber gleichzeitig triumphierte etwas in ihm: Ich bin noch lebendig! Ich bin noch am Leben!

Der arme Karl. Er wusste nicht, dass das die Gedanken sind, die man kurz vor dem Sterben hat.

13 Der ohne Namen

Selbstverständlich bist Du der Tod, da gibt es nichts zu deuten. Ist deinetwegen die 13 die Zahl allen Unglücks oder haben sie Dir einfach dieses böse Omen angehängt? Aus ihrer begreiflichen Angst, die es ihnen nicht einmal erlaubt, Deinen Namen zu nennen? Und sind wir Heutigen besser, die wir an unheilbaren Krankheiten und Unfällen anstatt am Tod sterben? Wie einsam musst Du sein, Tabu Tod.

Dein Fehler. Du bist nicht sehr appetitlich, Sensenmann. Das Skelett, das uns freundlicherweise durchs Leben trägt, wird bei Dir zur Chiffre des Grauens. Und was ist mit Deinem Gesicht? Der Zeichner hat Deinen Kiefer hochgebunden, als ob Du Zahnweh hättest – ich weiß, ich weiß, das tut man, damit die Leichen hübscher aussehen. Auch Deine Nase hat man Dir gelassen. Du bist eigentlich mehr Mumie als Skelett.

Aber Du funktionierst. Niedergemäht und zerstückelt hast Du sie, Könige und Kinder, sie ihrer Hände und Füße, ihrer Möglichkeit, davonzurennen und zu handeln ein für allemal beraubt. Deine Sense ist rot vom Blut.

Ist es auch Deines? Dir fehlt ein Fuß! Ist er eingesunken in die Erde oder auch schon vermodert, wie die Leichenteile um Dich herum? Hast Du Dich am Ende selbst verstümmelt, Tod? Willst Du vielleicht auch sterben?

Im Tarot bedeutest Du Verwandlung unter Schmerzen, Verge-
hen, damit Neues entstehen kann, der Punkt, wo Yang sich in Yin
verwandelt und Yin wieder zu Yang wird. Und auch Du selbst bist
der Wandlung unterworfen. Du bist nicht mehr als ein Augenblick,
der immer wieder kommt und sofort wieder vergeht. Vielleicht tut es
Dir jeweils auch etwas weh, zu sterben. Es wäre nichts als gerecht.

Sie hatten zwei wandernde Mönche mitgenommen, die
im Gepäckraum auf den Koffern kauerten. Tashi murrte
ungnädig wenn sie die Fenster öffneten, denn sie kurbel-
ten diese jeweils nicht schnell genug hoch, wenn sie andere Fahrzeuge kreuzten und sich Staubwolken wie dicke
Nebelbänke über die Straße legten. Karl hingegen war
froh, wenn der strenge Geruch nach ranziger Butter, der
von den beiden Männern ausging, jeweils kurz gemildert
wurde.

Die Fahrt führte einem gletschergrünen Bergbach entlang, der sich langsam zum Fluss verbreiterte. Wo ein wenig fruchtbare Erde angeschwemmt oder noch nicht
weggeschwemmt war, gab es kleine Dörfer, die sich hinter
ein paar armseligen Weidenbüschen oder Pappeln duck-
ten. Es ging bereits gegen Abend und die tiefstehende
Sonne schien schräg in die winzigen Gerstenfelder und
ließ ein junges, helles Grün aufleuchten, das fast
schmerzhaft ins Auge schnitt. Denn es war nicht zu fassen, dass in dieser Kargheit noch etwas leben wollte, dass
diese weichen Gräser in ungebrochener Zuversicht ihre
zarte Verletzlichkeit hochtrieben und sich ohnmächtig
und furchtlos den grimmigsten Umständen aussetzten.
Wie kleine Triumphschreie des ewig Gefährdeten sandten
sie ihre Farbe aus, goldgrünes Leben, Hoffnung aus steter
Erneuerung. Die kleine Reisegruppe aber ließ sie zurück,
entfernte sich vom Fluss, kurvte die nächste Passstraße
hoch. Und wieder gab es Steinhaufen in Reihen und Rei-
sigbüsche voll von Gebetsfahnen und weißen Schals, von

der Verwitterung zu Klumpen geballt. Und weiter ging die Fahrt, von Tal zu Berg und von Berg zu Tal. Die Erde dieser Gegend musste sehr weich sein, denn selbst kleinste Wasserläufe fraßen metertiefe Cañons in die Abhänge, die sich nun in Streifen aus unglaublichsten Rot- und Ockertönen legten. Gemauerte Telefonmaste, die der Straße folgten, wirkten wie die Überreste einer vergangenen Kultur.

Karl sank in einen halbschläfrigen Zustand und ließ sich widerstandslos schütteln und wiegen. Als sie endlich im Hotel eintrafen, ging er gleich zu Bett. Zum ersten Mal spürte er sein Herz. Es hämmerte wild, als er sich hinlegte. Gyantse lag über 4000 Meter hoch.

Die mächtige Provinz Tsang, deren Hauptort Gyantse gewesen war, hatte bis in das 17. Jahrhundert hinein mit der Regierung von Zentraltibet um die politische und geistige Vorherrschaft gerungen. Herrschende Fürstenfamilien kämpften gegeneinander, noch mehr aber die Äbte der großen Klöster. Der tibetische Buddhismus hatte sich nämlich im Lauf der Jahrhunderte in verschiedene Schulen oder Kirchen aufgespalten, die zum Teil friedlich koexistierten, zum Teil aber auch blutige Machtkämpfe ausfochten. In der Tsang-Provinz herrschten neben den angestammten Fürsten die Rotmützen-Mönche, eine der älteren buddhistischen Schulen, während in Zentraltibet, rund um Lhasa, die Gelbmützen an der Macht waren.

Die Gelbmützen waren ursprünglich eine Reformbewegung. Ihr Gründer Tsongkapa versuchte, Klöster und Mönche zu mehr Tugend und Spiritualität zurückführen. So gründete er 1409, weit entfernt von der Hauptstadt, ein Kloster im abgelegenen, stillen Ganden. Doch was als Weg zur Erlösung vom Leiden der Welt begann, endete als Kampf um die Welt: Die Gelbmützen kamen nach Lhasa. Ihre Hauptklöster Drepung und Sera wurden zu Zentren der politischen und geistlichen Macht. Und diese Macht wollte befestigt und ausgedehnt sein. Dem Herrschaftsanspruch der zentraltibetischen Gelbmützen standen jedoch die Fürsten von Tsang und die Rotmützen entgegen. Doch mit Hilfe von mongolischen Invasoren entschieden die Gelbmützen den Streit für sich: Die Mongolen schlugen 1642 die Heere von Tsang vernichtend, ertränkten den Fürsten im Tsangpo und setzten den 5. Dalai Lama als Herrscher über ganz Tibet ein. Damit war das Gott-Königtum etabliert. Und der „Große Fünfte" ging in die Geschichte ein. Tatsächlich organisierte er sein Reich mit großer Umsicht, er sicherte Grenzen und Macht und errichtete als Regierungssitz den großartigen Potala-Palast. Wie bei allen großen Herrschern beruhte sein Ruhm aber auch auf grausamer Fronarbeit seiner Untertanen und brutalen „Säuberungen" unter seinen Widersachern. Die Geschichte verläuft nicht nur immer, sondern auch überall, gleich: Aus spiritueller Kraft wird politische Macht. Und aus Macht wird Kampf. Und so zeichnen Zwietracht und Krieg die Geschichte des gewaltlosen Buddhismus, ähnlich wie das Liebe predigende Christentum eine breite Blutspur durch die Jahrhunderte zog.

Gyantse blieb aber als Ort wichtig, denn sein Klosterbezirk zeichnete sich durch eine Besonderheit aus: Obwohl von den Gelbmützen beherrscht, waren in seinen Mauern auch andere Schulen und Kirchen mit ihren Klöstern geduldet. So entstand eine friedliche Ansammlung von verschiedenen Denk- und Glaubensrichtungen. Wie eine befestigte, mittelalterliche Stadt lagen die Klöster an einem steilen Berghang, den Rücken gedeckt, rundum geschützt von einer hohen Mauer mit Wehrtürmen. Aber selbst diese festen Verteidigungsanlagen nützten nichts gegen die chinesischen Invasoren und deren Zerstörungswut. Und so lagen auch hier Jahrhunderte in Schutt: Leben, Wissen, Kultur, Glauben und Toleranz – in Stücken, keines größer als eine kleine Faust. (Eines Tages, dachte Karl, werden sich alle die kleinen Fäuste erheben, um sich zu rächen. Und der Irrsinn des Machtkampfes wird weitergehen.)

Am Fuße dieser eingefriedeten Schutthalde stand Karl vor dem einzigen übriggebliebenen Tempel, neben dem ein paar Bauten standen, in denen noch oder wieder wenige Mönche wohnten. In der viel zu großen Umfriedung wirkten diese hingestreuten Gebäude verloren und fast grotesk. Doch zwischen ihnen, verdeckt von gelben und ochsenblutroten Wänden zeigte sich, abgehoben gegen den tiefblauen Himmel, wie ein Wunder, glänzend weiß und golden der berühmte Kumbum, unverletzt und in seiner ganzen Pracht erhalten: Ein Tempel in Mandalaform, eine magische Architektur, der vollkommene Stupa, eine begehbare Meditation, die gebaut wurde, um den Menschen in sein Zentrum zu führen. Und Karl betrat dieses Juwel, naiv und unachtsam wie er war, ohne zu zögern.

Er befand sich noch immer in diesem merkwürdigen, fast schläfrigen Zustand, der ihn so passiv machte, dass er ihn nicht einmal hinterfragte. Vielleicht war es die Höhe, die dünne Luft, die diese Benommenheit auslöste, vielleicht waren es aber auch die gegensätzlichen Gefühle, die in ihm stritten und denen er durch seine Schläfrigkeit auswich: Bedrücktheit, Angst und Sorge einerseits, das Gefühl von rauschender Vitalität und Ausbruch andererseits.

Wie alle Stupas ist der Kumbum ein Abbild „der Lehre", des von Buddha dargelegten Dharmas, welches das Leben der Menschheit bestimmt und mit Bewusstsein angenommen werden will. Er ist aber auch ein Abbild des Berges Meru, der das Zentrum der Welt darstellt und die Verbindung zu den Himmeln bildet. Wie der Berg Meru ist der Kumbum nach heiligen Zahlen gegliedert: Viereckig im unteren Teil für die vier Himmelsrichtungen und für die vier Erscheinungen des ursprünglichen Buddhaprinzips, rund in den oberen Bereichen für das Zentrum des Mandalas, für den Ort, an dem Buddhaprinzip und Mensch verschmelzen.

Im Sockelgeschoß war ein Mönch damit beschäftigt, Ringelblumen zu gießen, die ihre orangefarbene Strahlenpracht in armseligen Konservendosen entfalteten. Er sprach mit zwei jungen Mönchen, in denen Penpa die Autostopper begrüßte. Karl hätte sie nicht wiedererkannt. Der alte Mönch nahm einen großen Schlüssel aus einem Beutel, den er an seinem Gurt trug und öffnete bedächtig die unscheinbare Eingangstür. Sie kamen auf den sauber gefegten Umgang der untersten Ebene.

Karl wollte allein sein und bat Penpa, unten auf ihn zu warten. Sie zögerte einen Augenblick, willigte aber schließlich ein.

Karl lehnte sich an die Mauer. Sie hatte giebelförmige Abschlüsse aus festgestampfter Erde, die dafür sorgten, dass das Regenwasser nicht stehen bleiben konnte. Karl ließ den Blick über die weite Talsohle schweifen, die Flachdächer der Mönchsquartiere lagen vor ihm, dahinter erstreckten sich reich bebaute Felder in die Weite. Eine erstaunlich fruchtbare Ebene lag zwischen den runden Bergen, die sich in den runden Wolken zu spiegeln schienen, die in einem tiefen Himmel über sie wegzogen und dramatische Schattenbilder über ihre Abhänge galoppieren ließen. Es war nichts zu hören, aber Karl merkte gar nicht, dass diese Stille ungewöhnlich war.

Er betrat die erste Kapelle. Die Statue der Gottheit war so oft bemalt worden, dass sie verkrustet und pockennarbig wirkte. Vielleicht war sie deshalb unter weißen Glücksschals fast verborgen. Der Raum wirkte dunkel und bedrohlich und Karl trat rasch wieder ins blendende Sonnenlicht hinaus.

Der nächste Andachtsraum hingegen war riesig, hell und reich geschmückt. Einer der vier Grund-Buddhas saß, zwei Stockwerke hoch, inmitten von seinem Gefolge und seinen Schätzen, umschwebt von Elementargeistern und Göttern verschiedenster Art. Sein glattes, rotes Gesicht glänzte in einem Frieden, der Karl ungeheuerlich und fast beleidigend erschien. Dies versetzte ihm einen ersten, tiefen Stich in der Brust, den er aber entgegennahm, ohne aufzumerken. Er ging einfach weiter, zog an den überlebensgroßen Königen der Himmelsrichtungen vorbei, den großen Wächtern, die ihre reich geschmückten, runden Bäuche gebieterisch vorstreckten. Ihre grellbemalten, verschiedenfarbigen Gesichter waren vor Konzentration gerunzelt. Was sahen sie, was Karl nicht sah? Eine schmale Treppe führte hinein ins Dunkel, aufwärts ins nächste Stockwerk.

Wieder blickte Karl auf das Tal. Es weitete sich, weil die Dächer der umliegenden Gebäude nun bereits tiefer lagen. Die Luft wurde durchsichtiger und dünner, die Stille noch hörbarer. Aber Karl merkte es nicht. Die Wände der Kapellen waren nun bemalt. Tausend Buddhas saßen mit gefalteten Händen und strömten Frieden aus. Aber auch merkwürdige Zwitterwesen wiegten sich in wilden Tanzschritten. Das waren die schwarzen, furchterregenden Aspekte der göttlichen Energie, die sich abwechselnd mit großen, männlichen und weiblichen Buddhafiguren zeigte, die mit ihren glatten, unnahbaren Gesichtern die Wildheit ihrer Gegenpole noch erstaunlicher und unbegreiflicher machten.

Im nächsten Stockwerk waren die Gemälde noch kunstvoller. Karl verlor sich im versunkenen Blick einer grünen Göttin, die vielarmig in alle Richtungen segnete. Der Blumen- und Flammenschmuck rund um sie verblasste vor der Entrücktheit und der Heiterkeit ihres Gesichtes. Und dieses Gesicht versetzte Karl den zweiten, tiefen Stich. Und diesmal entging es ihm nicht. Eine Sehnsucht nach etwas Unbenennbarem brach in ihm auf, so heftig, dass er nach seinem Herz griff und nicht wusste, ob sein Kreislauf dabei war, zusammenzubrechen. Aber ihm geschah nichts, denn er stand vor der grünen

Tara, der mitleidsvollen Göttin, die alle Wesen beschützt.

Über vier quadratische Ebenen mit 68 verschiedenen Kapellen stieg Karl nach oben. Er betrachtete alles voller Verwunderung und Andacht und konnte sich der Wirkung der vielen Bilder und Figuren immer weniger entziehen. Schließlich war er auf der höchsten Ebene angelangt. Hier war das Zentrum und es war in vier Tempel aufgeteilt. Er betrat den ersten und war wie geblendet, denn hier traten die Statuen zurück und verblassten neben den großen Mandalas, die auf die Wände gemalt waren. Sie schienen sich vor Karls Augen zu drehen wie große Räder und sie hypnotisierten ihn wie Feuerwerk, das vom Himmel auf einen zufällt und einen in einen Tunnel aus Licht hineinzieht. Ihn schwindelte und er schwankte.

Karl stand schwer atmend. Er spürte, wie ihm die Herrschaft über seinen Körper und schlimmer, über sein Bewusstsein, zu entgleiten drohte. Eine schreckliche Angst kam in ihm auf, ein Reflex zu fliehen überfiel ihn übermächtig, die Aufregung drohte ihm die Brust zu sprengen. Er stöhnte auf und sein eigener Laut erleichterte ihn für einen Moment. Er zeigte ihm, dass es ihn, Karl, noch gab, auch wenn er sich in Auflösung fühlte.

Dann sah er die dunkle Gestalt in der Ecke kauern. Und da traf ihn der dritte Stich, endgültig wie ein Schlag, von dem man sich nicht mehr erholt.

14 Die Mäßigkeit

Balance willst Du, schöne Frau. Doch, was sag ich Dir Frau: Als Engel bist Du Hermaphrodit, Mann und Frau, der Ausgleich zwischen allen Gegensätzen. So vereinigst Du in Deinem Gewand Rot, die Farbe von Aktivität und Aggression, mit Blau, der Farbe von Passivität, Unschuld und Hinnahme. Und aus dem blauen Krug schüttest Du Wasser in den roten, in einer Art, die der Schwerkraft, die für uns Gewöhnliche gilt, spottet.

Du stehst auf der Erde, ein paar Grasbüschel wachsen um Dich herum, doch Deine Flügel zeigen, dass Du nicht von dieser Welt bist. Schön gefiedert sind sie, fleischfarben wie Deine Haut, tatsächlich ein Stück von Dir. Du bist ein Anderer oder die Andere, gekommen in diese Welt, um zu dämpfen und zu mäßigen: Die zarte Flüssigkeit des Annehmens schüttest Du in den brodelnden Topf der Leidenschaften, die uns hier umtreiben. Wie eine Mutter handelst Du, die mit leisen Summ- und Zischgeräuschen den Säugling in der Wiege beschwichtigt, der wild gegen sein Dasein aufbegehrt.

Dein Gesicht hat viel Leid gesehen, denn Du hast nie weggeschaut. Aber selbst im Anblick der größten Grausamkeit und Not schmückst Du Dich: Ein zartes Blümlein der Unschuld krönt Deine Stirn.

Du bist das Öl auf den Wogen, Du glättest den Sturm. Du hilfst uns, nachzudenken und abzuwägen. Aber Du löst kein Problem. Und einen Knoten zerschneidest Du nie. Das ist Deine Qualität und Dein Nachteil, Engel.

Ina war erschöpft. Sie hatte sich nach dem Verhör hinlegen wollen, aber die chinesischen Wachtposten hinderten sie daran. Es waren junge Soldaten, immer wieder andere, die mit Mandelaugen durch den Türschlitz glotzten und hereinkamen, wenn sie lag. Sie forderten sie mit steinernen Gesichtern zum Aufstehen auf, so dass sich Ina immer wieder in Marsch setzte, in der Zelle hin und her. Wenn sie nicht mehr konnte, setzte sie sich und fühlte, wie noch nie im Leben, die Zähigkeit der Zeit. Sekunden dehnten sich zu Jahrzehnten und füllten sich mit den immer gleichen Gedanken, die eigentlich gar keine waren, weil Ina zu müde zum Denken war.

Endlich kam das Abendessen, eine wässrige Suppe, in der etwas Gemüse, Fleisch und Nudeln schwammen, allerdings ein Topf, der so groß war, dass sie reichlich satt wurde. Und endlich erlaubte man ihr auch, sich hinzulegen. Sie schlief sofort ein.

Ihre Träume waren ruhig und sonnig, jedenfalls im Moment, als man sie aufweckte. Es war mitten in der Nacht. Sie war erschrocken und fror und fühlte sich elend, als sie durch den knapp beleuchteten Korridor ging.

Und wieder saß sie vor dem Ventilator. Nun aber stand auf dem Schreibtisch eine Lampe, gegen sie gerichtet, so dass sie ihr hell ins Gesicht schien und sie blendete. Wie im Krimi, dachte Ina, und ihr Sarkasmus kräftigte sie spürbar. Gut, sagte sie zu sich, wenn ihr auf hart spielen wollt, werde ich hart mitspielen.

Tatsächlich hatte sie aber nicht viel zu tun, denn sie wurde wieder von dem chinesischen Schädel ohne Lippen verhört, der kein Englisch sprach. Zwar bellte er sie immer wieder unfreundlich an, aber sie repetierte einfach, dass sie ihn nicht verstünde. Doch dieses reizlose Ritual war so langweilig, dass es sie zunehmend entnervte.

Als sie zurück in die Zelle gebracht wurde, war ihr schwindlig und so etwas wie Furcht kam in ihr auf. Aber wieder rettete sie ihr Training. Sie atmete bewusst, kontrolliert und tief und wiederum fand sie ihr Gleichgewicht und ein gewisses Gefühl von Sicherheit.

Am folgenden Morgen wurde sie wieder vor den sympathischen Offizier geführt. Und nachdem sich das alles am nächsten Tag wiederholte, verstand sie, dass das wohl die Methode war, mit der sie zermürbt werden sollte. Sie nahmen sich Zeit, denn offensichtlich wussten sie, dass sie allein war und von niemandem gesucht werden würde. Ihre tibetischen Freunde waren machtlos, Karl hatte sie sicher schon vergessen und sonst wusste niemand, dass sie verhaftet war. Wieder griffen Angst und Panik nach ihr und sie konnte sie nur in Schach halten, indem sie sich auf ihren Atem konzentrierte.

Es musste wohl der dritte Tag sein. Ina bedauerte, dass sie nicht, wie sie es aus dem Kino kannte, Striche für die einzelnen Tage in die Wand eingekerbt hatte, denn sie war sich schon nicht mehr sicher, wie lange sie bereits einge-

sperrt war. „Wie wird man zum idealen Häftling", spotte-
te sie laut, „sie sollten Workshops dafür anbieten!" Und
sie spürte einmal mehr, dass der Galgenhumor ihre einzige Waffe war in diesem ungleichen Kampf.

Als sie an diesem Vormittag vor dem Ventilator saß,
war der bisher so korrekte, für einen Asiaten geradezu
ungewohnt aufgeschlossene Offizier bitterböse. Seine
Augen waren zu schmalen Schlitzen zusammengezogen,
seine Lippen zusammengepresst und er sah sie nicht
komplizenhaft wie bisher an, sondern hart, unpersönlich
und kalt. Ina erschrak zutiefst. Und gleichzeitig wurde ihr
bewusst, wie sehr sie sich auf ihn und seine relative
Freundlichkeit verlassen hatte und wie verloren sie tatsächlich war. Er griff in die Schublade rechts neben sich
und schmetterte etwas auf den Schreibtisch. „Und was ist
das?" fuhr er sie an, so dass sie zusammenzuckte. Ina
brauchte eine ganze Weile, um zu begreifen, dass es ihre
Tarotkarten waren.

Sie hatten also das Hotel durchsucht, sie hatten also in
ihren Sachen gewühlt! Ihre Empörung war größer als ihre
Angst. „Wenn Sie schon meine Sachen holen, dann hätten
Sie mir auch Kleider zum Wechseln mitbringen können!"
Sie gab dem Chinesen einen harten Blick zurück und fun-
kelte böse: Die Stimmung war gefährlich gespannt. Die
beiden bildeten ein Patt des Zorns, wie zwei Tiere auf
dem Sprung, beide bereit, im nächsten Augenblick übereinander herzufallen und zuzubeißen, wobei es für Ina
den Untergang bedeutet hätte.

„Im übrigen sind das Tarotkarten", sagte sie, als die
Spannung nach einem langen Moment endlich nachließ,
„damit erforsche ich die Tendenzen des Geschehens."
Und als sie sah, dass er nicht verstand, fügte sie bei: „Das
ist so etwas wie das Weisheitsbuch I Ging, das kennen Sie
doch sicher. Es erklärt grundsätzlich die Welt, aber es
kann auch zum Wahrsagen benützt werden."

Nun war es der Offizier, der fast die Fassung verlor. In

seinem Gesicht, das er doch auf keinen Fall verlieren durfte, arbeitete es. Sollte er ihr glauben oder war sie einfach eine verdammte Lügnerin? Er zögerte, sich zu entscheiden. Aber dann siegte doch der kleine chinesische Bub in ihm, der abergläubisch war, wie es nur Chinesen sein können, der stets auf Wunder hoffte und der keiner Wahrsagerin widerstehen konnte, auch wenn er über sie zu lachen pflegte. Seine Augen weiteten sich und er fragte verblüfft: „Sie können wahrsagen?" Und gleichzeitig verstand er, warum er sie die ganze Zeit weniger hart angefasst hatte, als er es eigentlich hätte tun sollen: Er hatte ihr Chi gefühlt, ihre Energie. Er hatte gespürt, dass man eine Person wie sie mit Vorsicht behandeln muss, denn eine solche Person hat auch die Kraft, Unglück über einen zu bringen. Er machte eine geheime Gebärde der Abwehr, die das Unglück von ihm fernhalten sollte und sagte dann fasziniert: „Sagen Sie mir etwas über mich." Aber er sagte es so, als ob es ein Befehl wäre und ein reiner Test, um ihre Glaubwürdigkeit zu prüfen. Dabei spannte ihm die Erwartung bereits die Magengrube.

„Ich kann nicht wirklich die Zukunft sehen", sagte nun Ina bescheiden, „nur Tendenzen, Wahrscheinlichkeiten. Und: Wenn Sie etwas genaues Wissen wollen, dann müssen Sie mir eine genaue Frage stellen."

Eine Frage brannte in der Seele des Offiziers, aber er hätte sich lieber die Zunge abgebissen, als sie zu stellen. „Reden Sie einfach", er fuchtelte fast, „tun Sie es einfach! Ich will sehen, was Sie können."

Ina sortierte die Karten, mischte sie, ließ ihn abheben hielt ihm die Karten aufgefächert entgegen, mit dem Rücken nach oben, und sagte: „Nehmen Sie 10 Karten, ganz langsam eine nach der andern." Und als der Offizier ohne zu zögern zugriff, legte sie Karte um Karte vor sich aus, in einer Anordnung, die sich das keltische Kreuz nennt.

22 Karten, die sogenannten großen Arkana hatte Ina dem dicken Kartenbündel entnommen. Dies waren die

Karten mit den seltsamen Bildern und den noch seltsameren Namen. Sie sollen menschliche Archetypen darstellen, Formen allgemeingültigen, menschlichen Verhaltens. Und sie bilden, hintereinander gelegt, einen Einweihungs- oder Erleuchtungspfad, einen Gang durchs Dunkel der Welt, in der sich das Ego entwickelt bis zu seiner Vollendung im Tod, der es im Lichte des Selbst auflöst und als transpersonales Wesen zurück in die Welt entlässt.

Satellitenfilme am Fernsehen zeigen Tage voraus, wie Wolkenfelder und Wirbel auf eine Gegend zutreiben und Temperaturstürze, Regen, Eis, Sturm und Schnee mit sich bringen. So weisen die großen Arkana auf die hintergründigen Auslöser eines Geschehens hin und lassen schwierige oder heitere Perioden im Voraus erahnen. Ein seltsames Spiel des Unbewussten der Beteiligten macht es möglich: ein emphatisches sich Einfühlen des Deuters in die Umstände der andern Person. Wie ist es möglich, dass der Fragesteller die auf seine Situation gemünzten Karten zieht? Eine seltsame Übereinstimmung des Geschehens findet statt, die sogenannte Synchronizität, die dem Fragenden die Hand führt und dem Deuter die passende Aussage dazu einfallen lässt.

Während Ina die Karten vor sich anordnete, versank ihr Blick und wurde fast trübe. Und ihre Stimme war ziemlich gedämpft, als sie nun zögernd zu sprechen anfing:

„Ihre Position ist stark, aber gefährdet. Sie kommen aus goldenen Tagen und gehen in weniger helle. Aber es ist nicht Ihr Verschulden, es liegt an den Umständen." Inas Stimme wurde nun zunehmend fester und sicherer und ihre Sätze kamen schnell und mit Überzeugung: „Sie werden sehr viel Geduld brauchen. Aber Ihr Herzenswunsch – er hat mit einer Frau zu tun – wird schließlich in Erfüllung gehen. Ja, es braucht diese Krise, damit sich dieser Wunsch überhaupt erfüllen kann."

Nun blickte Ina auf, direkt in das Gesicht des Offiziers. Sie schaute ihn fragend an, aber er blickte nur kalt zurück und gab ihr keine Gelegenheit abzuschätzen, ob sie etwas Treffendes gesagt hatte. Aber von diesem Tag an hatte sie immer heißen Tee in ihrer Zelle. Und die Verhöre zielten mehr nach dem Tarot als nach dem Paket, das sie – es schien ihr inzwischen Wochen her – nach Samye gebracht hatte.

15 Der Teufel

Schlange, Drache, Widersacher. Das Böse schlechthin haben sie Dich genannt und Dir Pelz, Schwefelgeruch, Bocksfüße und ewige Verdammnis angedichtet. Im Tarot siehst Du fast possierlich aus, leicht verwirrt über das viele Schlechte, das man Dir zutraut.

Erhöht stehst Du, ein Herrscher, doch statt der Krone trägst Du das Hirschgeweih, den Schmuck des Schamanen, der heilt. Und auch Deine an Dich gefesselten Jünger tragen die gehörnte Kappe. Mann und Frau sind sie, untereinander und mit Dir verstrickt, verletzlich im nackten Fleisch. Schwänze, Schweinsohren und Klauen zeigen, dass Ihr Sonderwesen seid, Halbtiere, Erdwesen. Sklaven des Triebs?

Du hast Flügel. Auch wenn diese von Drachen oder Fledermäusen zu stammen scheinen, so musst Du doch ein gefallener Engel sein. Bist Du vielleicht Luzifer, der Träger des Lichts, der den Menschen das Feuer brachte wie einst Prometheus? Bist Du die Schlange, die sie zur Erkenntnis verführte? Ist das Schwert in Deiner Klaue das gleiche wie das von Manjushri, dem Boddhisattwa der Weisheit, der am Anfang jeden Jahres und jeden Tages steht und mit seinem Schwert das Übel der Unwissenheit durchschneidet? Warum ist Wissen für die Buddhisten gut, Erkenntnis für die Christen böse? Warum wurden Adam und Eva verflucht, als sie erkannten? Und was hat Nacktheit mit Erkenntnis zu tun?

Ein merkwürdiger Zusammenhang scheint zu bestehen, zwischen dem Fleisch, das verteufelt wird, und dem Wissen, das wir Menschen anstreben, seit wir beschlossen haben, höhere Tiere zu sein. Und so stehst Du, Teufel, vielleicht nicht für das Böse, sondern für diesen Aufbruch. Und für die verdammte Ambivalenz, die uns alles Erkennen so schwierig macht! Jedenfalls stehst Du im Kartenspiel sowohl für Triumph wie für Strafe, für Sieg so gut wie für Untergang. Das müsste eigentlich denen zu denken geben, die den Teufel verteufeln.

Die täglichen Verhöre mit dem Offizier hatten sich in freundschaftliche Diskussionen über Vorauswissen, Wahrsagen und Wissen überhaupt verwandelt. Ina besprach mit ihm die Bilder der großen Arkana und zeigte ihm verschiedene Legearten. Sie erzählte ihm, dass sie fast ausschließlich mit diesen Bildsymbolen arbeite und es noch kaum gewagt habe, sich an die kleinen Arkana zu wagen.

„Die 56 Karten der kleinen Arkana bestehen aus vier Farben", dozierte sie eines Morgens, „Stab, Schwert, Münze und Kelch. Aus ihnen wurden die westlichen Spielkarten, die Sie vielleicht kennen: Kreuz, Pik, Karo und Herz. Die roten Karten sind eher männlich und Yang, die schwarzen eher weiblich und Yin. Stab und Schwert stehen für Feuer und Luft, Münze und Kelch für Erde und Wasser."

„Das ist unglaublich", murmelte der Offizier. Er war ein begeisterter Adept des I Ging und versuchte nun, die neue Welt des Tarot in sein taoistisches System einzubauen. „Dies entspricht doch den harten und weichen Strichen des I Ging", sagte er aufgeregt, „denn auch diese teilen sich in starke und schwache und dann zerfallen sie in die, die sich wandeln und in die, die sich nicht wandeln. Damit haben auch wir die Vier, entstanden aus der stabilen und aus der sich wandelnden Yin-Yang-Polarität." Seine Augen glänzten und sein Gesicht schien in einem seltsamen Licht aufzuglühen. „Die Elemente allerdings stimmen nicht überein, bei uns gibt es fünf. Aber vielleicht lösen die großen Arcana das Geheimnis, obwohl..."

Sein Gedankengang wurde brutal unterbrochen als die Tür aufsprang. Ein Offizier in grüner Uniform sprang wie eine Stahlfeder in den Raum.

Inas Gesprächspartner schoss auf und salutierte. Auch der Neue knallte mit den Absätzen. Dann wandte er sich gegen Ina, die mit weitgeöffneten Augen starr beobachtete, was vor sich ging. Während ein paar schneidende Wort auf sie niederprasselten, klopfte er mit einem Stöcklein ungeduldig auf den Schreibtisch. „Sie sollen aufstehen", sagte Inas Offizier auf Englisch.

Ina ließ sich Zeit. Sie nahm den Eindringling nicht ernst und realisierte nicht, dass sie in Gefahr schwebte. So stand sie entspannt vor ihrem Stuhl und musterte ungeniert den Störenfried.

Er sah aus wie der typische Karriereoffizier aus dem Kino: drahtig, ungerührt und sehr gepflegt. Seine Uniform war aus gutem Tuch, hatte nichts Abgewetztes, und saß perfekt über seinem feingliedrigen Chinesenkörper. Merkwürdigerweise trug er Reithosen und Ina spürte förmlich seine straffen Oberschenkel unter dem teuren Stoff.

Er musste so um die vierzig sein, obwohl das schwer abzuschätzen war. Sein dunkles Haar war ordentlich zur Seite gekämmt und an den Kopf geklebt, so dass die hohen Wangenknochen noch deutlicher hervorsprangen. Sie beschützten Augen, die herrisch und unverschämt zugleich waren, jedenfalls fühlte sich Ina plötzlich verletzt und entblößt. Sie schlug die Augen nieder und damit hatte er bereits gewonnen.

Ein kurzer Wortwechsel folgte. Schneidend der Ton des Neuen, unterwürfig kuschend die Antworten des jungen Offiziers. Dann wurde Ina von zwei Soldaten abgeführt und in einen Militärlastwagen gehisst. Sie fuhren zurück nach Lhasa und ins enge Straßengewirr der Altstadt. Es gelang Ina nicht, sich zu orientieren. Und schon hielt der Laster an und sie wurde heruntergehoben und gezwungen, schnell und unauffällig in einem der Häuser zu verschwinden.

Dämmrige Dunkelheit umfing sie, als sie nun, vier Wachsoldaten und ihre Gefangene, durch einen engen Korridor stolperten. Ina wurde in eine Zelle geschoben, die noch um einiges kleiner schien als ihre bisherige. Doch sie hatte keine Zeit, sich Gedanken zu machen, denn sie wurde zum Verhör abgeholt, kaum hatte sie sich gesetzt und umgeblickt.

Der Raum, in den sie geführt wurde, schien kaum möbliert. Aber auch das konnte Ina nicht richtig wahrnehmen, denn sie wurde augenblicklich zu einem Stuhl geführt, der so im Scheinwerferlicht stand, dass sie geblendet war. Sie setzte sich und schloss die Augen. Und hörte augenblicklich einen gebellten Befehl aus dem Dunkel. Eine neutrale Stimme sagte auf Englisch: „Sie sollten die Augen öffnen." Und so ging das dann während Stunden. Der Offizier, Ina konnte ihn nicht sehen, aber sie erkannte seine Stimme wieder, befahl böse, der Übersetzer wiederholte in mildem, gemäßigten Ton.

Sie versuchten, jede Minute zu rekonstruieren, seit Ina in Gongkar gelandet war und sie gab ihnen Auskunft. Sie wehrte sich nicht, sie hatte nichts zu verbergen. Nur über die Zeit in Karls Zimmer behielt sie Stillschweigen und den Transport nach Samye leugnete sie und beharrte darauf, dass das ihr Picknick gewesen war. Die Namen der Mönche kannte sie nicht und ihre Beschreibungen hielt sie so vage, dass sie auf ungefähr sämtliche Mönche sämtlicher Klöster gepasst hätten. So erreichte das Verhör ohne besondere Schwierigkeiten den Zeitpunkt von Inas Verhaftung.

Sie glaubte und hoffte schon, sie hätte es einmal mehr überstanden. Aber da begann die Befragung wieder von vorne. Ina spürte Irritation und Ärger, fasste sich aber augenblicklich und dachte sich: Wenn gespielt werden muss, spiele ich eben mit. Aber sie wusste natürlich, dass dies kein Spiel sondern ein gefährlicher Kampf war. Sie konzentrierte sich darauf, möglichst alles gleich wie vorhin zu wiederholen und lernte es damit gleichsam auswendig. Und das war ihr Glück. Denn als das Ritual nun wieder von vorne anfing und wieder und wieder, da gelang es ihr, ohne große Abweichung die gleichen Aussagen zu machen. Die Klippe des Zorns hatte sie also gerade noch umschifft. Doch dann kam die große Müdigkeit.

Inas Augen brannten, der Kopf schmerzte vom blendenden Licht. Der Stuhl war hart und sie konnte fast nicht mehr sitzen. Sie hatte Durst und als sie verlangte, zur Toilette zu gehen, wurde sie auf später vertröstet. Der Körper begann auf eine umfassende Art zu schmerzen und ihre Fassung drohte ihr zu entgleiten, aber sie wusste, das war es genau, was sie wollten. Und sie mochte ihnen den Triumph nicht gönnen und fürchtete auch, dass sie etwas Belastendes aussagen würde. Tatsache war, dass sie gar nicht wusste, was in dem Paket gewesen war und nun fing sie plötzlich an, sich darüber Sorgen zu machen. Hatte sie vielleicht tatsächlich Waffen geschmuggelt? Oder war es gar Rauschgift gewesen?

Das Verhör ging weiter. Offizier und Übersetzer wurden ausgewechselt. Inas Antworten wurden langsamer. Einmal versuchte sie, einfach nichts mehr zu sagen, aber ein Klaps auf den Rücken machte ihr klar, dass sie geschlagen werden würde, wenn sie zu trotzen versuchte. Also machte sie weiter.

Sie war nun in einer Art Trance und freute sich beinahe an der Wiederholung der Worte. Denn es gab keine Abwechslung. Ina und Übersetzer bedienten sich einer fremden Sprache, in der ihre Ausdrucksmöglichkeiten begrenzt waren. Darum versagte auch diese Verhörmethode, die sonst die Gefangenen dazu brachte, sich mit einem Wort zu verraten, an dem sie dann gleichsam aufgehängt wurden. Als sie versucht hatten, Ina auf inhaltliche Seitenwege zu treiben, war der Übersetzer augenblicklich an seine Grenzen gestoßen. Sie blieben also auf dem immer gleichen Trampelpfad der Worte, und Ina sang sie tonlos wie Ophelia ihre sinnlosen Verse, bevor sie versank.

Ina fiel vom Stuhl. Das brachte ihr eine Pause ein. Endlich erhielt sie Gelegenheit, sich zu entleeren, was ihr fast nicht mehr gelang. Und dann gaben sie ihr sogar einen Becher Tee.

Dann kam der schöne Offizier zurück. Er löschte den Scheinwerfer und schickte alle hinaus. Er schubste Ina grob auf ihren Stuhl zurück, nahm seinen und setzte sich im Abstand von etwa zwei Metern vor sie hin.

Und dann fixierte er sie mit seinen dunklen, ausdruckslosen Augen, ohne einen Ton zu sagen. Die Zeit schien zu gefrieren. Es war, als ob der Tod in den Raum getreten wäre.

Ina war wehrlos. Ina war zu erschöpft, um diesem Blick noch irgend etwas entgegenstellen zu können. Sie war sogar zu müde, um sich gedemütigt zu fühlen. Wieder schloss sie die Augen.

Sie hörte nicht, wie der Offizier aufstand und zu ihr kam. Er fasste sie, diesmal sanft, am Kinn und hob ihren Kopf. Dann strich er ihr zart, fast zärtlich über die Lider, so dass sie die Augen öffnen musste, dazu sagte er mit der bestimmten Stimme eines besorgten Arztes auf Englisch: „Öffnen." Dann setzte er sich wieder auf seinen Stuhl.

Und nun beging Ina einen Fehler: Sie hätte auf seine Knie blicken können oder auf einen der Knöpfe auf seiner Brust, aber Ina sah ihm in die Augen. Und natürlich war es genau das, was er gewollt hatte. Er verstand sein Spiel.

Und nun versank sie in seinem Blick, der ihr wie eine Brücke entgegenkam. Sie war ganz offen und ganz Wunde. Und seine Augen saugten sie auf. Vielleicht war es auch die zarte Berührung gewesen oder seine begütigende

Stimme. Dort war jedenfalls etwas, das ihre Leere füllte und ihren Schmerz vielleicht stillen würde. Dort war ein Mensch. Seine Augen und sein Gesicht verschwammen, doch ihr Gefühl wurde schreiend klar. Sie liebte ihn, sie begehrte ihn. Eine Heftigkeit war in ihr, eine Gier, als ob ihr Leben an diesem Mann hinge.

Und er schien es ihren zerfließenden Gesichtszügen anzusehen, er schien alles zu wissen. Um seine Lippen spielte ein Lächeln, das zuerst fast zärtlich war, dann aber langsam breiter und siegessicher wurde. Ina beobachtete es, geduckt und fasziniert. Jede Regung seines Gesichts bestimmte jetzt über sie. Ihr Körper zuckte mit jeder Veränderung seiner Züge. Sie war besiegt und wollte es nun ganz sein. Sie wollte genommen werden, augenblicklich und ohne Schonung. Sie meinte, dass sie sterben müsse, wenn es nicht endlich ein Ende nähme. In höchster Spannung blieb sie still und wartete auf irgend eine Bewegung von seiner Seite. Doch sein Blick blieb starr und nur sein Lächeln verbreitete sich, während der Augenblick zu immer grausamerer Unerträglichkeit gerann. Doch als er schließlich im Triumph die Lippen öffnete und seine Zähne aufblitzen ließ, da traf Ina die Einsicht wie ein Donnerschlag: „Ich ergebe mich meinem Feind!"

Eine gütige Ohnmacht rettete sie.

16 Der Turm

Da stehst Du, ganz Kraft, ganz Abwehr – man könnte meinen, unverrückbar und uneinnehmbar. Aber der Himmel zeigt Dir, dass seinem Feuer kein Ding auf Erden gewachsen ist. Mit wilden Flammenzungen schlägt er Dir die Krone herunter. Und Deine Bewohner (heißen sie Ego und Persona?) fallen und berühren – wer weiß, vielleicht zum ersten Mal – bewusst den Boden.

Was für einen gewaltigen Augenblick hält diese Karte fest! Riesentropfen in allen Farben fallen vom Himmel. Vielleicht sind es

Steine, heiße, wie das in Geistergeschichten rund um den Globus berichtet wird. Der Donnerkeil zerschmettert Dich, sein Flammenblitz sprengt gerade Dein vermeintlich Bestes weg. Noch hängt die Dachkrone über der Leere, noch ist sie nicht gefallen. Aber jeder sieht: Nichts wird sie aufhalten, so zu Boden zu purzeln wie die zwei verschreckten Menschlein, die bereits gelandet sind.

In der Divination stehst Du genau für das, was Du zeigst: Für die Katastrophe, die das Vorhandene sprengt. Weil aber himmlisches Feuer der Auslöser ist, enthält dieser schreckliche Zusammenbruch immer auch die Möglichkeit eines Aufbruchs. Wer, außer dem Himmel, weiß, wofür das Schlechte gut ist?

Auf Französisch heißt Deine Karte „La Maison Dieu", das Haus Gottes. Sie zeigt den Moment, wo das Himmlische den Menschen berührt. Kein Wunder, wenn dieser verbrennt. Nur Buddhas und Heilige sitzen friedlich im Flammenkranz!

Der Mann im Dunkeln saß im Meditationssitz auf einem Kissen. Er winkte Karl, sich ihm gegenüber niederzulassen. Karl gehorchte, an Fäden gezogen wie eine Marionette. So vom Kissen auf dem Boden aus wirkte die Buddhastatue auf dem Altar groß und einschüchternd.

Der Tibeter war ein reifer, schöner Mann mit gebogener Nase und klugen, offenen Augen. Er war kein Mönch, jedenfalls trug er nicht die rote Robe, sondern einen schwarzen Mantel, den er nun bis zum Gürtel herunterfallen ließ. Ein blendend weißes Hemd wurde sichtbar, das seine dunkle Haut noch dunkler erscheinen ließ, das Weiß seiner Augen aber blitzen machte. Sein kühnes Gesicht erinnerte Karl an einen Indianer.

Der Mann fixierte sein Gegenüber mit interessiertem Blick. Dann begann er zu reden. Seine Stimme war prägnant und stark, die Sprache unverständlich. Doch es erklang nicht der Singsang, der Karl von den rezitierenden Mönchen bekannt war, sondern klar artikulierte und nicht besonders betonte Laute flossen durch den Raum. Sie hatten etwas seltsam Eindringliches und trafen auf Karl wie leichte Berührungen, wie vibrierende Fingerspitzen, die seinen Brustkorb abtasteten. Es schien sich um eine Art von Ansprache zu handeln, jedenfalls gab es keine Unterbrüche in der Rede. Offensichtlich wurden keine Antworten erwartet.

Auf dem Boden vor dem dunklen Redner stand eine kleine Schale mit etwas Glut. In diese warf er gelegentlich Räucherwerk, gehacktes gräuliches Grünzeug mit Nadeln, Wacholder vielleicht. Der Geruch war verführerisch: würzig und einlullend süß zugleich. Karl saß still wie eine Puppe, zu geschwächt vom Aufstieg, zu verblüfft, um einen Gedanken zu haben, zu hypnotisiert, um sich eine Frage zu stellen. Die Worte des Mannes drangen in seine Ohren und breiteten sich in seinem Kopf aus und schufen darin eine ungewohnte Weite. Ein merkwürdiges Gefühl nahm ihn in Besitz, er meinte die Worte beinahe zu verstehen, ja, er verstand sie eigentlich, und nur eine winzige Kleinigkeit fehlte, dass er sich sagen konnte: Ja, natürlich, das ist es. Etwas in ihm wusste, aber er konnte nicht fassen, was es war. Er war aber zu gefesselt vom Geschehen um über diesem Widerspruch nachzugehen. So ließ er sich von den Lauten davontragen und immer weiter von sich wegführen. Er spürte, dass er seinen Verstand verlor, aber es störte ihn kaum. Seine Gewissheit, dass das Geschehen unausweichlich und richtig war, wurde immer stärker. Es war ein totales Vertrauen, das Karl festnagelte, eine unbegründete Zuversicht, die ihn voller Aufmerksamkeit an den Lippen des Mannes hängen ließ. Denn nicht aus Schwäche blieb er sitzen – er hätte durchaus die Kraft gehabt, aufzustehen und wegzugehen – sondern aus einem Entschluss, den zu fassen er keine Wahl hatte.

Der seltsame Mann fuhr in seinem Vortrag fort. Seine Haut glänzte leicht im Dämmer und seine Augen schimmerten. Er schien außerordentlich wach und ungeheuer ruhig, überzeugt von dem was er tat, sicher, dass er es richtig tat. Und Karl hatte ein weiteres, halb irres Gefühl, nämlich, dass dieser Mann ihn mochte, obwohl er ihn doch gar nicht kannte. Ja, er fühlte es deutlich, es gab eine starke Verbindung zwischen ihnen, eine Verbindung, die sich freundschaftlich und gut anfühlte. Karl überließ sich auch diesem Gefühl. Und in ihm wuchs die Überzeugung, dass dieser Mann ihn hier erwartet hatte, seit immer, seit jeher, weil er ihn seit jeher kannte und seit jeher sein Bestes wollte.

In diesem Stadium machte sich Karl keine Sorgen mehr um seinen Zustand. Er überließ sich nun ganz den Worten des Fremden und deren Rhythmus, der immer stärker zu seinem eigenen wurde und im Rauschen seines Blutes und im Schlag seines Herzens und im Ein und Aus seines Atems sein Echo fand. Sein Gehirn war ein weites, dämmriges Feld, in das er im Moment nicht mehr vorzudringen versuchte. Er überließ die Weite der Weite und vergaß sich.

Der Vortrag des Mannes ging weiter. Es war keine Litanei und falls er seine Worte wiederholte, fiel es Karl nicht auf. Hingegen gab es ein kaum merkliches An- und Abschwellen im Ton, von dem sich Karl wie von einer Wellenbewegung schaukeln und wiegen ließ. Doch nun bewegte der Sprecher seinen Arm und forderte zusätzliche Aufmerksamkeit von Karl. Er wies auf ein Mandala, das auf die Wand gemalt war, er zeigte darauf und wollte, dass Karl es ansah. Und wenn immer Karl sich wieder an ihn wenden wollte, deutete er auf das Wandbild, bis Karl schließlich begriff, dass verlangt war, dass er das Mandala fixiere. Karl gehorchte.

Es war ein großes, in konzentrischen Kreisen angelegtes Gemälde in vom Alter verdunkeltem Rot, Gelb, Blau und Grün, wobei jede Farbe für eine Himmelsrichtung und für den dazugehörigen Buddha stand. Drei Ringe bildeten die Umfassung: Flammen, Winde und Diamantszepter bezeichneten die verschiedenen Stufen und Übergänge, die

die Psyche überwinden muss, um in den Palast des Inneren zu gelangen. Die reichgeschmückten Eingänge zum Palast, der noch einmal von einem mehrfach geringelten Schutzwall umgeben war, führten in einen Vorhof. Dort waren die Buddhas in vierfacher Form mit ihren Gefährtinnen, ihrer Kraft, versammelt. Diese Paare zeigten, dass diese Religion ihre Stärke nicht aus der Abspaltung der Gegensätze bezieht, sondern in deren Verschmelzung, in der Vereinigung des Männlichen und des Weiblichen. Im allerheiligsten Inneren, im Zentrum des Palasts, weilt Vairocana, der höchste aller Buddhas, der sich in vier, in nochmals vier und schließlich in zwölf Formen zeigt. Dieses Allerheiligste war durch ein siebenfaches Quadrat aus dicken, elfenbeinfarbenen Strichen abgegrenzt. Vermutlich handelte es sich um die Darstellung von Stufen, die eine Treppe zum Tempel bildeten, aber Karl sah in ihnen Mauern, die ihn vom Zentrum trennten, in das er nun mit all seiner Sehnsucht und seiner ganzen Kraft eindringen wollte. Als er dieses Hindernis erkannte, packte ihn plötzlich eine unglaubliche Wut. Sein Aufbegehren war so gewaltig und wild, dass er für einen Moment zu Platzen meinte. Und tatsächlich, während die Stimme des dunklen Mannes weitersprach und weitersprach, brach in Karl etwas auf: Ein Schmerz, der anschwoll und so groß wurde, dass Karl meinte, es nicht aushalten zu können.

Er war auf seinem Kissen zusammengesunken. Dieses war so hingelegt, dass er bequem das Mandala betrachten konnte. Er hörte die Worte des Mannes und sie waren im Moment das einzige, was ihn in seinem Gefühlsüberschwang noch mit der Außenwelt verband. Er starrte auf das Bild, starrte auf das Hindernis und wusste: Die Trennung, das bin ich, ich, ich. Und seine Verzweiflung und das Entsetzen über sich selber wurden so groß, dass er hoffte, möglichst schnell an ihnen sterben zu können.

Er sah sich, wie er sich eingemauert hatte, damals, als seine Mutter ihn zur Schule schickte. Ach, wie hatte er sich verraten und verlassen gefühlt. Und damals, als seine erste Liebe, ein freches Teenagermädchen, über ihn lachte, auch damals hatte er sich still verkrochen und in sich verschlossen. Und schließlich, als Anna im Sterben lag und ihn die Ärzte fragten: „Sollen wir ihr diese Spritze noch geben, die jenen Zustand mildert, diesen aber verschlimmert?" Was blieb ihm da anderes, als sein Elend und seinen Schrecken hinter Unbewegtheit zu verstecken? Und als er kurz darauf an ihrem Bett saß, sie eben gestorben und nichts mehr als unbeseeltes Fleisch, da hatte er sich dumpf und unbewusst geschworen, nie mehr zu fühlen, um nie mehr solches empfinden zu müssen. Jetzt sah er, dass er seinen unbewussten Schwur gehalten hatte, dass er sich selber eingefroren hatte, fast sein ganzes Leben lang und dass er sich damit um sein Leben geprellt hatte. Er selber hatte alles verdorben und es war nicht wieder gut zu machen, denn die Zeit war unwiederbringlich gelebt.

Karls Verzweiflung war grenzenlos. Er empfand sie als körperlichen Schmerz, als ein Zerfallen in Stücke, als ein Geschältwerden bei lebendigem Leib. Tausend Messerchen schienen ihn zu stechen, tausend Feuer ihn zu brennen. Er hätte sterben wollen, aber er wusste, dass ihm diese Erleichterung nicht vergönnt war. So saß er einfach da, und ein ton- und tränenloses Schluchzen schüttelte ihn. Die harte Wand in seinem Rücken schmerzte und war eiskalt und Karl genoss diesen körperlichen Schmerz, der ihm so etwas wie Ablenkung bot und seine Qualen ein wenig linderte.

So saß er lange, den Blick immer auf das Mandala gerichtet, bis endlich, nach einer psychischen Ewigkeit, die Stimme des Fremden wieder zu ihm durchdrang. Wie vorher schwoll sie in sanfter Modulation an und ab und Karl folgte ihr, ließ sich von ihr tragen, von ihr stützen. Allmählich beruhigte er sich.

Doch nun fingen sich die Figuren des Mandalas an zu

bewegen. Von Vairocana, dem zentralen Buddha, ging plötzlich ein zartes Schimmern aus, das sich im bereits dämmrigen Raum zu verdeutlichen schien. Es war zuerst so fein, dass Karl es für eine optische Täuschung hielt, aber dann wurde es immer stärker. Es pulsierte kaum merklich und breitete sich mit jedem Pulsschlag ein klein wenig aus. Karl verfolgte fasziniert die rhythmische Bewegung, die das sanfte Licht ganz langsam wachsen ließ, bis es schließlich die anderen Figuren zu überstrahlen begann. Freundlichkeit schien von diesem Leuchten auszugehen, Verständnis, ja Liebe – und Karl hing atemlos an dieser Erscheinung. Sie breitete sich aus, bald hatte sie die sieben Elfenbeinquadrate erreicht, die Karl so sehr erschüttert hatten, und diese verschwanden und schmolzen im Licht, das ihm nun entgegenströmte, auf ihn zu floss, zu ihm kam, er spürte es ganz genau. Das Leuchten kam von der Wand auf ihn zu! Und dieses Licht sagte ihm ohne Ton und ohne Worte: Alles ist gut, Du hast nichts verkehrt gemacht. Und die Erleichterung war unendlich und Karl spürte, dass ihm die Tränen kamen. Plötzlich schluchzte er wie ein Kind, vergaß Ort und Zeit, vergaß den Mann, der immer noch sprach, er weinte und weinte, über sich, über seinen Schmerz, über seine Dummheit und vor Glück, trotz alledem von diesem Licht angenommen zu sein.

Er wusste später nicht mehr, wie er aus diesem Delirium zurückgekommen war. Plötzlich war er sich wieder des Raumes und des Fremden bewusst. Es war fast dunkel geworden und das Mandala war nicht mehr zu sehen. Karl war todmüde, fühlte sich jetzt aber fast behaglich, aufgehoben in der Dunkelheit, in diesem Raum, in den Worten des Mannes. Dieser hielt nun aber sein Sprechen an, er musste nach Karls Gefühl stundenlang gesprochen haben. Er warf noch einmal Räucherwerk auf das Glutbecken, dann winkte er Karl und gebot ihm, zu gehen.

Karl stand auf. Er taumelte. Er wollte nicht einfach gehen. Er wollte irgend etwas tun, sich bedanken, etwas zurücklassen, vielleicht sogar etwas bezahlen. Aber der Mann winkte ihn weg. Er zeigte Karl unmissverständlich die Tür. Karl fühlte sich traurig und verletzt. Aber im Davontrotten spürte er triumphierend, dass er diese Gefühle zu fühlen wagte. Er festigte seinen Schritt und das war auch gut so, denn eben kam ihm Penpa entgegen. Sie musterte ihn mit erstauntem Blick und sagte: „Ich dachte schon, Sie wollen nicht mehr herunterkommen."

Karl lächelte sie nur an, er war nicht fähig, zu sprechen. Mit Erstaunen aber registrierte er, als sie den Stupa verließen, dass der Mönch die Tür hinter ihnen verschloss. Was war mit dem Mann? Wollte er nicht herunterkommen?

Eine merkwürdige Scheu hinderte Karl, zu fragen.

17 Der Stern

Kein maßvoller Engel bist Du mehr: Nun zeigst Du Dich nackt und bloß, Anima, üppig gelockt das dunkle Haar, rund und hoch Deine Brüste. Ewig jung bist Du, doch Deine Augen zeigen mir, dass Du vom Baum der Erkenntnis gegessen hast: Sie sind ungeschützt groß, voller Seele, und ein Hauch von Trauer umspielt sie.

Es ist nicht leicht, sich verletzlich zu machen. Doch Du tust es voll und ganz. Kein Fetzen schützt Dich noch. Du gibst Dich preis, dem Blick, dem Wind, dem Himmel. Das Einzige, was Du noch hast, sind zwei Krüge voll Wasser. Und selbst diese leerst Du. Du schüttest das Wasser aus. Zurück in den See, aus dem alles kommt.

Du gibst alles hin. Du gibst Dich hin. Denn Du fühlst, Dein Stern leitet Dich. Und mehr brauchst Du nicht als Deinen Stern. Umkränzt vom Siebengestirn steht er über Dir. In allen Farben funkelt der Himmel. Und die Natur lacht dazu. Die Vögel singen in den Bäumen.

Du stehst für die Hoffnung. Du bist die Erfüllung aller Wünsche, sagen sie. Doch für mich bist Du die Wunschlosigkeit, die sich aus der Hingabe ergibt. Du hast Dich ergeben, dem was gerade ist.

Du hast Dich überlassen. Indem Du Dich leer machtest, bist Du zum Gefäß geworden, das vollgeschöpft und geleert und vollgeschöpft und geleert wird.

Und die Tiefe des Wassers vermischt sich mit dem Glanz Deines Sterns.

Am nächsten Morgen erwachte Karl mit hohem Fieber. Er blieb liegen. Penpa erschien, mit ratlosen, erschrockenen Augen. „Sie sind gestern zu lange oben im Kumbum geblieben", warf sie ihm vor, „nun haben Sie sich erkältet!"

Karl bat um Tee und um Ruhe.

Nach einer Weile erschien ein chinesischer Arzt, der Karl mit altmodischen Instrumenten umständlich untersuchte. Dies erinnerte den Kranken an seine Kindheit und er genoss es, von besorgten Personen umschwirrt zu sein wie einst als Junge. Er war überhaupt in heiterer Stimmung. Obwohl das Fieber in seinen Knochen wühlte und ihn zittrig und schwach machte, fühlte er sich gut. Er wusste, dass seine Erkrankung mit dem Erlebnis auf dem Stupa zusammenhing, er spürte, dass das Fieber ihm sagte, dass er jetzt einfach Ruhe brauche. Darum machte er sich keine Sorgen. Und als Penpa ihm ankündigte, dass er ins Spital nach Shigatse gebracht würde, weigerte er sich rundweg und mit einer Kraft, die für seinen Zustand erstaunlich war.

Penpa und der Arzt waren ratlos: Zwei Funktionäre, die nicht mehr wussten, wie sie funktionieren sollten. Es war ihnen sichtlich unangenehm, die Verantwortung zu übernehmen für etwas, das nicht in den gewohnten Bahnen lief. Aber Karl blieb hart. Schließlich verließen sie zögernd das Zimmer. Und Karl zog die Decke hoch und genoss seinen Sieg.

Eine Stunde später kam Penpa zurück und sagte, die Reiseagentur in Lhasa sei einverstanden, dass er vorläufig hier bleibe. Und dann versprach sie, dafür zu sorgen, dass er mit beliebig viel Tee versorgt würde. Und tatsächlich klappte das mehr oder weniger: Eine schüchterne Tibeterin schleppte alle paar Stunden einen riesigen Thermoskrug mit dünnem grünem Tee herbei. Und am Abend brachte Penpa höchst persönlich eine Schüssel leichter Suppe. Doch Karl wollte nicht essen.

Er lag im dämmrigen Halbschlaf. An diesem ersten Tag war er ganz mit seinem Körper beschäftigt. Er sann seiner Schwäche nach, seiner Hitze und seiner Feuchtigkeit, dem Bohren in den Knochen, der Mattigkeit. In kurzen Momenten kam gelegentlich etwas Sorge und Angst auf: Hatte er vielleicht doch ein gefährliches Virus erwischt? Aber schnell gewann er jeweils seine Ruhe zurück. Ihn beherrschte die merkwürdige Überzeugung, dass alles seine Richtigkeit hatte.

Am zweiten Tag ließen die Schmerzen nach, aber die große Mattigkeit blieb. Noch immer war Karl ganz Körper, in seine Decken verkrochen wie ein Fötus im Mutterleib. Nur langsam ließ er nun die Bilder von der Begegnung auf der Stupa zu. Sorgfältig ging er vor, gesteuert von seiner Müdigkeit. Er hatte Zeit. Er ließ seine Erinnerung nur ganz langsam aufscheinen, nur einem Bild auf einmal erlaubte er vor sein inneres Auge zu treten und sich im Dämmer seiner Gedanken zu entfalten. Dann tastete er sich behutsam an die Gefühle heran, die diese Vorstellung auslöste. Erst danach ließ er die nächste Erinnerung auftauchen und erkundete, was diese ihm brachte. Und so durchlebte er erneut die Angst, die Panik, die Revolte. Und schließlich den Zusammenbruch. Er fühlte sich ungemein schwach und ausgeliefert an dieses Geschehen, das er nicht begreifen konnte. Aber er erlebte, dass er den ganzen, wilden Gefühlsstürmen standhielt. Und das machte ihn stark. So wagte er es schließlich, sich auf weitere Bilder seines Leben einzulassen. Ereignisse und Situationen drängten sich in seine Vorstellung, und wieder übte er sich im Aushalten von Angst und Schmerz. Denn es waren nicht Gedanken und abstrakte Ideen, die auftauchten, es waren reale Schrecken und Verletzungen seiner Vergangenheit, die er bisher im Keller der Verdrängung gefangen gehalten hatte. Und alles brach nun über ihn herein wie eine Horde ungezähmter Tiere, die darauf gewartet hatten, endlich frei zu kommen. Es war überwältigend. Und er begriff, dass er sich seit seiner Kindheit hatte verschließen und verstecken müssen, weil er sonst weggefegt worden wäre vor Entsetzen und vor Verzweiflung. Er sah sich, wie er immer kunstfertiger geworden war im Wegschieben von Gefühlen. Am Anfang war es anstrengend gewesen, aber dann wurde er immer geschickter, bis er sie leichthin wegwedelte und verscheuchte wie einen Schwarm blöder Spatzen. Seine Fluchten und Ausflüchte wurden immer automatischer, bis er schließlich ganz gepanzert war, bis er gar nichts mehr fühlen musste. Wie eine Boje auf dem Wasser, so schwamm er schließlich unangreifbar auf allem, was ihn berühren wollte. So fühlte er sich sicher und stark. Und so hatte er überlebt. Aber jetzt war er ein anderer. Jetzt wollte er ein anderer sein. Und während er auf dem Turm noch zutiefst erschrocken war, als sein Panzer und seine Selbsttäuschung aufbrachen und er sich plötzlich als Versager fühlte, so betrachtete er sich jetzt mit Nachsicht und Gutmütigkeit und kuschelte sich in Versöhnlichkeit wie in seine Decken. Ja, lachen musste er über sich, denn er fand, dass er sich wie das tapfere Schneiderlein verhalten hatte, das sich zum Helden machte, indem es Fliegen erschlug.

Am dritten Tag war das Fieber gesunken, aber Karl war noch immer ganz matt. Und nun fing sein Verstand wieder an zu arbeiten und er fragte sich, was eigentlich auf dem Stupa geschehen war. Wer war dieser merkwürdige Tibeter gewesen? Hatte es ihn überhaupt gegeben oder hatte Karl halluziniert? Hatte er einen Kreislaufkollaps erlitten oder war das die Höhenkrankheit gewesen? Und was bedeutete das alles und welche Schlüsse sollte er daraus ziehen? Doch die Fragerei ermüdete Karl. Häufig nickte er ein und dämmerte vor sich hin.

Am Abend aß er eine Mahlzeit, die ihm großartig schmeckte: Gekochte Bambussprossen, die wie gehäkelte Spitzen aussahen und den Zähnen angenehmen Widerstand leisteten, dazu weiches Rührei und würzig gebratenen Reis. Er spürte, wie mit jedem Bissen die Kraft und die Lust zu leben in ihn zurückkehrten. Danach sank er in einen todesähnlichen Schlaf.

Er träumte von dem Mann vom Turm. Dieser stand aufrecht im Hotelzimmer vor Karls Bett, blitzte mit den Zähnen und lächelte ihn amüsiert mit gespielt dämonischem Grinsen an.

„Ich hätte natürlich auch am Nachmittag zu Dir kommen können", sagte er, und Karl fragte sich noch Jahre nach diesem Traum, in welcher Sprache diese Worte gesprochen worden waren, „um Dir noch deutlicher zu demonstrieren, dass es mich gibt. Aber das hätte Dich zu Tode erschreckt oder Dir zumindest noch einmal tagelanges Fieber eingebracht. Und das wollte ich Dir nicht antun." Schalk und Wärme blitzten aus seinem Gesicht und Karl schmolz vor Liebe vor dieser nie gekannten, starken Vaterfigur. Er war nicht fähig, ein Wort hervorzubringen, aber eine Welle von Sehnsucht schlug über ihm zusammen, die gleichzeitig wundervoll und schmerzhaft war.

„Die Ani hatte recht, Du schaust auf die Dinge, anstatt in sie hinein. Du musst lernen, mit den Gefühlen zu sehen und mit dem Herzen zu denken. Nur so wirst Du tatsächlich ein Mann und ein Mensch."

Karl wollte fragen oder protestieren oder jedenfalls irgendwie eingreifen, doch schon erwachte er.

Draußen bellten die Hunde. Karl setzte sich auf und machte Licht. Er fühlte, dass er gesund war, doch der Traum hatte ihn verwirrt. Versonnen blickte er auf die

Möbel seines Zimmers. Sie waren in tibetischem Stil bemalt und reich mit Gold verziert. Auf hellblauem Grund wuchsen Blumen, die ein seltsames Licht ausstrahlten. Karl dachte plötzlich an Ina. Sie hatte dieses Leuchten ausgestrahlt, von ihr war etwas ausgegangen. Er „sah" es nun ganz deutlich. Er musste sie wiederfinden, er musste sie suchen gehen.

Mehr denn je in seinem Leben war sich Karl seiner Ohnmacht und Schwäche bewusst, mehr denn je spürte er seine Gefährdung und seine Verletzlichkeit. Aber in ihm war so etwas wie ein nie gekannter Wille erwacht, eine zähe Kraft, der er gehorchen musste und der er gehorchen wollte. Die Stimmen in ihm, die früher „Paß auf" murmelten, waren verschwunden. Karl war bereit, sich auszusetzen.

Am Morgen erwartete er Penpa ungeduldig im Frühstückszimmer des Hotels. Er hatte fertig gepackt und trieb sie und Tashi ungeduldig zur Abfahrt an. Die Reise ging weiter nach Shigatse, durch das sich weitende Tal, das jetzt einer fruchtbaren Ebene glich. Das Kloster Shalu, mit seinen berühmten, blau glasierten Dächern ließen sie links liegen, aber sie bewegten sich mit der halbbewussten Dringlichkeit von Tranceläufern, wie sie dieses Kloster in früheren Zeiten hervorgebracht haben soll. Schon sahen sie von weitem den Klosterkomplex von Tashilumpo. Dort residierte einst der Panchen Lama, der zweite, spirituelle Führer Tibets, der lange in chinesischer Gefangenschaft ausgeharrt hatte.

Die riesige Mauer, wo an Festtagen die großen, heiligen Rollbilder aufgehängt werden, war schon aus großer Entfernung als helles Viereck wahrzunehmen. Schließlich wurden auch die goldenen Dächer des Klosters sichtbar. Sie bargen den berühmten 26 Meter hohen Zukunftsbuddha, der auf einem Thron sitzt wie ein europäischer Herrscher, zum Zeichen, dass er jederzeit bereit ist, aufzustehen und das Heil der Lehre zu verbreiten. Karl fühlte sich wie eine Ameise, als er später unter der mit 279 kg Gold belegten Riesenstatue stand, den Kopf ganz in den Nacken gelegt, um hinauf in das glatte, unbewegte Gesicht von Maitreya, „dem Liebenden", zu schauen. „Das ist der Unterschied zwischen Menschen und Göttern", dachte Karl, „sie können gelassen lieben, weil sie unverletzlich sind." Er spürte, wie Aufregung und Angst in ihm wühlten.

Karl hatte nämlich einen Plan. Er wollte, koste es was es wolle, Ina finden. Er hatte beschlossen, überall in Lhasa nach ihr zu fragen. Er vermutete, dass dies den Chinesen höchst ungelegen käme. Funktionäre sind ja auf der ganzen Welt gleich, sie fürchten nichts so sehr wie Abweichungen und Unregelmäßigkeiten in dem Bereich, für den sie zuständig sind. Sie wollen um keinen Preis auffallen. Also gedachte er, einen gehörigen Wirbel zu veranstalten und nicht nachzulassen, in der Hoffnung, dadurch die chinesische Bürokratie in eine möglichst große Aufregung zu versetzen. Er sagte sich, dass er so vielleicht eine Reaktion erzwingen könne. Und wenn sie ihn verhafteten, dachte er trotzig, würde er einfach im Gefängnis fortfahren und versuchen, herauszufinden, wo Ina steckte.

Er trieb darum seine kleine Gruppe zur Eile an. So verließen sie Shigatse bereits am nächsten Morgen in der Frühe. Schon nach kurzer Zeit trafen sie wieder auf den Tsangpo, in dessen Tal die Ebene von Shigatse mündete und folgten dem Flusslauf hinunter in Richtung Osten und Lhasa. Das einzig Auffallende, das sie unterwegs im sonst menschenleeren Tal sahen, waren Arbeitstrupps, die an einer neuen Straße bauten. Tibeterinnen in dünnen weißen Baumwollhandschuhen wuchteten schwere, kantige Steine nebeneinander und legten so mit fast bloßen Händen das Straßenbett. Später fuhren chinesische Soldaten mit Dampfwalzen darüber und ebneten das Ganze mit Schotter ein. Und danach konnte bereits der Asphalt gelegt werden. Große, altmodische Öfen stießen schwarzen Rauch aus und hüllten die Zeltlager der Trupps in Wolken von Gestank. Doch nicht nur dies machte das Leben dieser Leute hart. Das Klima war rau und die Einsamkeit total. Der einzige Lichtblick kam wahrscheinlich aus den Parabolantennen, die hoffen ließen, dass es nach Feierabend wenigsten Fernsehen gab: Bilder aus einer angenehmeren Welt. Vielleicht aber dienten diese Antennen nur der Überwachung. Vielleicht schaute aus ihrem runden Auge der große gelbe Bruder über die Berge ins verlassene Tal und kontrollierte, dass niemand auf falsche Gedanken kam.

Der Fluss, dessen Ufer die Straße verfolgte, verwandelte sich mit der Landschaft. Er war erst breit und träge wie ein See und heiter wie der Himmel, der sich in ihm spiegelte. Mal verschwand er ganz hinter Sanddünen, so dass man sich in der Sahara wähnte, mal trieb er in leidenschaftlichen Strudeln trüb und wild zwischen zusammengeschobenen Felswänden hindurch. Er beherrschte das Tal mit seinen Windungen und verwüstete es mit seinen Schotterablagerungen. Die Kargheit machte das Land unfruchtbar und unwirtlich. Nur in den Seitentälern, aus denen kleine Flüsse gurgelten und wo es offensichtlich noch etwas Humus zu beackern gab, hatten sich ein paar Menschen in Erdhäusern eingenistet. Nach dem fruchtbaren Becken von Shigatse wirkte die herbe Leere wie ein Schock auf Karl, aber er genoss gleichzeitig die Kraft dieser unerbittlichen Gewalt. Er fühlte sich wie diese Hänge: trocken, angegriffen und von der Natur zerzaust – und wie der Fluss, gewaltig, unabwendbar und kraftvoll. Und das schöne Wort fiel ihm ein: „Es gibt keine Möglichkeit, einen Fluss zu beschleunigen." Aber – dachte er voller Tatendrang – es gibt auch keine Möglichkeit, einen Fluss längerfristig zu bremsen. Und so erreichte er Lhasa und fragte gleich an der Hotel-Rezeption nach Ina und nach einer diplomatischen Vertretung und erklärte, dass diese Frau verschwunden sei und er dies nicht dulden würde.

Das kleine Chinesenfräulein holte den Chef und der wiederum seinen Chef. Der Auflauf an gaffenden Touristen war beträchtlich und wuchs ständig an. Karl hatte Gelegenheit, drei Mal in lautem Englisch seine Botschaft zu wiederholen und die Empörung in der versammelten Runde war mit Händen zu greifen. Dann eilten die Leute von der Reiseagentur herbei, mit einem Uniformierten im Schlepptau.

Karl wurde zur Seite genommen, die aufgebrachte Versammlung von Hotelgästen beruhigt und auf morgen vertröstet. Man würde nachforschen, was an dieser Geschichte dran sei, wurde versprochen. Karl bewunderte die Gelassenheit, mit der der Leiter der Reiseagentur die Sache regelte. Er war überzeugt, dass dieser Bescheid wusste und log. Aber trotzdem: Karl war mit seiner ersten Inszenierung sehr zufrieden.

Morgen würde er sich an jeden Soldaten und jeden Wachtmann wenden, der seinen Weg kreuzte, dazu war er fest entschlossen. Zwar tat es ihm leid, Penpa, die wohl oder übel als Übersetzerin fungieren musste, in Schwierigkeiten zu bringen. Aber es ging nun einmal nicht anders!

18 Der Mond

Da leuchtest Du also mit freundlichem Gesicht und prächtigem Strahlenkranz. Dabei wissen wir ganz genau, dass Du ein pockennarbiger Gesteinsbrocken bist, nichts als ein Spiegel für unser Zentralgestirn, die alleserwärmende Sonne.

Nur ein Trabant der Erde bist Du. Ein Mitläufer. Und doch ist Dein Einfluss enorm: Du dirigierst Unfälle, Geburten, den Blutdruck und Ebbe und Flut. Selbst hier auf der Karte bringst Du die Hunde zum Heulen und saugst die Säfte der Erde in dicken Tropfen zu Dir hinauf. Und der Krebs, Dein Wappentier, steht in Gebetshaltung vor Dir.

Das Wasser fürchtet Deine Anziehungskraft. Es versteckt sich hinter Türmen und fasst abwehrend seine Kraft in einem Becken zusammen. Doch das nützt ihm nichts. Denn solange es ruhig steht, ist es Dein Element und bleibt Deiner Herrschaft des Wechsels untertan. Nur die Bewegung, das eigene Fließen, gäbe ihm seine Selbstbestimmung zurück.

Stilles Wasser steht für die Seele und die dunklen Seiten, die sie in ihrer Tiefe gefangen hält. Dort verbirgt sich der Schatten und übt seine üblen Zaubertricks aus. Und so steht diese Karte für seine geheimnisvolle Wirkung, die meistens ins Unglück führt. So lange, bis das Verborgene aufgewühlt wird und das Dunkle ins Tageslicht tritt. Daran führt kein Weg vorbei. Denn selbst wer sich panzert und verkriecht wie ein Krebs, bleibt doch nichts anderes als das Geschöpf seiner eigenen Tiefe. Der Abgrund, in den Du fällst, bist immer Du selbst.

Als ein Uniformierter Tee brachte, kam Ina in der kleinen, dunklen Zelle wieder zu Bewusstsein. Sie konnte kaum etwas sehen und auch ihr Inneres war leer und schwarz. Nur ein Gefühl von Geschundensein war da, ein Schmerz, von dem sich nicht sagen ließ, ob er aus dem Körper oder aus der Psyche kam.

Ina fühlte sich in Stücken.

Sie trank den Tee in kleinen Schlucken und spürte nichts, weder den Geschmack auf der Zunge noch die Wärme in der Speiseröhre. Sie dachte auch nichts. Aber sie war nicht einfach benommen und taub, sondern es gab diese abgrundtiefe Schwärze und dieses alles bestimmende Gefühl, zerstört zu sein. Instinktiv wagte sie kaum zu atmen, aus Angst, etwas Schreckliches könnte geschehen und explodieren. So saß sie dumpf, leer und leidend, nicht ahnend, ob Stunden oder Tage oder Wochen vergingen. Gelegentlich schlief sie, doch sie kümmerte sich nicht darum, ob es Tag oder Nacht war. Damit verlor sie die Orientierung vollends. Aber es war ihr gleichgültig, alles war gleichgültig. Ina kümmerte sich um nichts. Nur irgend etwas Unbestimmtes gab es noch, das sie zwang, irgendwie zu überleben indem sie sich tot stellte.

So reagierte sie nicht, als sich wieder einmal die Türe öffnete. Und als der Soldat ihr winkte, aufzustehen, sah sie kaum hin. Da schubste er sie und bedeutete ihr, mitzukommen. Sie rappelte sich hoch und wankte hinter ihm her. Wieder wurde sie durch den dunklen Gang geführt. Ina fühlte weder Angst noch Hass, nur das Bedürfnis, nicht vorhanden zu sein, sich nicht zu regen, starr und steif zu sein. Da plötzlich öffnete sich ein gleißendes Viereck vor ihr, das sie so stark blendete, dass sie die Augen zukneifen musste. Blind ließ sie sich schubsen und stolperte ins Helle. Dann geschah lange Zeit nichts mehr. Ina hielt die Augen geschlossen, um sich vor dem hellen Licht zu schützen, das rot durch ihre Lider schimmerte. Sie blieb starr stehen, bis ihr schließlich Geräusche ins Bewusstsein drangen. Das veranlasste sie zu blinzeln. Da realisierte sie, dass sie im Freien war und allein.

Hatten Karls Interventionen bereits gewirkt? War die Polizei zum Schluss gekommen, dass Ina unbedeutend sei? Oder wussten sie das schon länger und der Chinese hatte sie einfach noch dazu benützt, sein Spiel zu spielen, seinen Triumph zu kosten, eine Seele mehr zu zerbrechen?

Ina stand auf der Straße, fühlte aber keine Erleichterung. Sie sah starr auf die kleine Gasse, die merkwürdigerweise menschenleer war. Die Häuser mit den schwarzumrandeten Fenstern waren offensichtlich Wohnhäuser, Blumentöpfe standen auf den Gesimsen, irgendwo hing Wäsche und ein Kanarienvogel trillerte in einem Käfig aus Weidenholz. Und diese ruhige und friedliche Idylle war in heißes Sonnenlicht getaucht, das Ina wie mit kleinen Hämmern schlug.

Sie ging zur gegenüberliegenden Seite in den Schatten. Dort kauerte sie sich an einer Hauswand nieder und wartete. Sie wusste nicht auf was. Sie war einfach nur unendlich müde. So fand sie eine Nonne des Ani Gompas, das in einer der Straßen der Altstadt lag, und nahm sie mit.

Die ockerfarbigen Innenhöfe des Frauenklosters waren eine Oase der Ruhe im Wirbel der heiligen Stadt. Es gab zwar versteckt in einem Keller einen Fußabdruck des Königs Songtsen Gampo, den dieser hier nach einer Meditation im Felsen hinterlassen hatte und der regelmäßig Pilger anlockte und auch zur festen Besichtigungstour der Touristen gehörte. Aber die Nonnen strahlten so viel liebenswürdige Ruhe und friedliche Heiterkeit aus, dass die Höfe und die sorgfältig restaurierten Gebäude davon imprägniert schienen. Bunte Gebetsfahnen an einem fiedrig belaubten Bäumchen setzten einen fröhlichen Farbakzent, in Tonnen und Kästen wuchsen kleine Sträucher, Kräuter und Blumen. Die kleinen Fensterchen blitzten vor Sauberkeit und die kurzen Vorhänge wiegten sich schneeweiß im leichten Wind. Die gelben Mauern gaben dem grellen Sonnenlicht eine sanfte Tönung, doch Ina bemerkte nichts von der Ferienstimmung. Sie ließ sich auf Geheiß der Nonne auf der Treppe zum Tempel nieder und wartete wieder apathisch. Die jungen Nonnen, die in einem Nebenraum heilige Schriften zu kleinen Rollen drehten, vergaßen ihre Arbeit und ihr gewöhnliches Kichern und schauten sie still und neugierig an. Dann kamen zwei Nonnen. Ihre kurzgeschorenen Haare schillerten silbern im Sonnenlicht. Sie führten Ina die Treppe zum Tempel hinauf.

Auch dieser Raum war im Vergleich zu anderen tibetischen Tempeln freundlich hell und sauber. Es gab keine speckigen Sitzkissen, keine vom Butterrauch getrübten Scheiben vor den heiligen Schaukästen am Altar. Und die Opfergaben waren wohl geordnet. Das Oberlicht war geputzt, so dass das helle Sonnenlicht auf einige der Tankas fiel, die in herrlichen Farben aufleuchteten. Ein würziger Geruch von Räucherwerk und süßer Butter lag im Raum.

Die beiden Nonnen richteten in einer Ecke ein Lager für Ina. Es war ziemlich weit vom Altar mit den goldenen Figuren entfernt, aber Ina konnte alles sehr gut sehen. Sie war jedoch weiterhin starr und merkte auf nichts. Sie ließ einfach alles geschehen.

Eine Nonne kam mit einem nassen Tuch und wischte ihr das Gesicht und die Hände ab, eine weitere Nonne schenkte ihr Tee ein und gab Ina zu trinken, als sie keine Anstalten machte, sich zu rühren. Als Ina eine halbe Tasse Tee getrunken hatte, schüttete die Nonne geröstetes Gerstenmehl, Tsampa, in den Tee und verknetete beides mit der Hand zu einem festen Teig. Davon aß Ina jetzt immerhin selbständig ein bisschen. Danach bedeuteten ihr die Nonnen, sich hinzulegen und deckten sie sorgfältig zu. Ina schlief fast augenblicklich ein.

Sie lag während Stunden regungslos wie eine Tote und erwachte erst, als sich die Nonnen zum vierten Mal zum Gebet versammelten. Sie horchte auf ihr spärliches Tuscheln beim Hereinkommen, das Schleifen der schweren, roten Stoffe auf dem Boden, dann das Klingeln der kleinen Glocken und die Rezitationen der heiligen Mantras. Eine wunderbar klare Frauenstimme sprach Gebete vor, die die Nonnen im Chor wiederholten. Die verschiedenen Stimmen tanzten vor dem Hintergrund der Stille, ließen Bestimmtheit, Sicherheit und Schönheit erklingen. Und Ina empfand so etwas wie Rührung. Endlich hatte sich ihre Erstarrung gelöst.

Sie begann leise zu weinen. Ohne Heftigkeit und ohne Schluchzen flossen die Tränen und weichten die Lähmung auf, die sie bisher gefangen hatte. Und obwohl Verzweiflung und Schmerz noch immer unendlich schienen, so spürte Ina doch mit Erleichterung, dass sie wieder fühlen konnte. Ein zögernder Lebensstrom begann erneut zu fließen und unklar spürte sie, dass sie auf eine geheimnisvolle Weise getragen wurde.

Als der Gottesdienst fertig war, brachten ihr die Nonnen wieder zu essen und zu trinken. Sie lächelten erfreut, als Ina sie nun mit etwas klareren Augen anblickte und auch zu lächeln versuchte. Sie besann sich auf ihre paar tibetischen Brocken:

„Danke", sagte sie, „Sie sind alle sehr gütig."

Die Nonnen waren vollständig überrascht, Ina tibetisch reden zu hören. Sie sprachen dann aber so rasch auf Ina ein, dass diese erklären musste: „Ich verstehe nicht, ich spreche nur ganz wenig tibetisch."

„Unsere älteste Schwester spricht amerikanisch", sagte nun eine der Nonnen betont langsam, und ihr rundes, etwas derbes Gesicht glänzte vor Zuversicht, „morgen sprechen wir und alles wird gut".

Inas Lächeln erlosch und sie seufzte. Sie fühlte sich noch immer elend aber sie wusste eigentlich nicht, wieso. Sie war doch in Sicherheit. Man war gut zu ihr. Aber trotzdem ließen sie die abgrundtiefen und höllenschwarzen Gefühle von Verzweiflung und Müdigkeit nicht los. Sie wollte aber die Nonnen nicht enttäuschen und lächelte sie wiederum tapfer an. „Ja", sagte sie, aber mit wenig Überzeugung, „morgen wird alles gut."

Die Nonnen ließen sie nun allein im Tempel zurück, der nur noch von einigen wenigen Butterlampen vorne am Altar erhellt wurde. Ina lag auf dem Rücken und betrachtete die Schatten an der Decke. Die Dunkelheit schien auf die kleinen Lichtquellen zu zu kriechen und drohte sie fast zu ersticken. Doch tapfer hielten die kleinen Lampen ihren Lichtkreis offen und brachten sogar das Gold der Statuen zu einem sanften Leuchten. Ina blickte wie hypnotisiert in diesen Kreis hinein. Sie sah auf Chenrezi, den tausendarmigen Herrn des Erbarmens und auf Buddha Shakyamuni, mit dem Haarknoten auf dem Kopf, ein Mensch wie sie, ein Mensch der jahrelang litt und kämpfte, bis er endlich Frieden fand und Erleuchtung erfuhr. Wie sehr sehnte Ina sich nach Frieden! Tränen stiegen ihr in die Augen und verschleierten ihren Blick. Die Statuen verschwammen im goldenen Licht, es gab nur noch Helligkeit umrahmt von Dunkelheit. Und dann bildeten sich im Hellen zwei Flecke. Ina starrte gebannt darauf. Und die Lichter wurden größer und deutlicher. Und dann wurden daraus die zwei Augen, die sie auf der Tempelwand in Katmandu gesehen hatte, die Augen, die sie so tief getroffen hatten und die ihr in Karl wieder begegnet waren. Und während sie gelähmt vor Faszination in die Erscheinung dieser Augen starrte, fühlte sie gleichzeitig eine verzweifelte Angst und eine schmerzende Sehnsucht, die sich steigerten und steigerten, bis sie Ina zerfließen ließen.

Und in diesem Augenblick des Zerbrechens wusste sie alles.

19 Die Sonne

Zentrum unserer Welt, Quelle des Lichts, harmlos siehst Du auf dieser Karte aus: Ein kreisrundes Gesicht im Strahlenkranz, das alles sieht, aber wenig wahrzunehmen scheint. Nur die Tropfen, die Du auf die verschüchterten Zwillinge herunterregnen lässt, zeugen davon, dass Kraft im Spiel ist.

Du seltsame Mutter des Mondes. Während Dein Trabant die Säfte anzieht, lässt Du Kräfte regnen. Während in der Nacht zwei Hunde am Beckenrand heulen, schwitzen unter Deinem Licht zwei Kinder halbnackt hinter hohen Mauern. Ihr zwei regiert über das Begrenzte: Der Mond über die Natur, Du über die Menschen. Mit Strahlen wie Schwerter drangsalierst Du sie. Und sie werden klein und bescheiden vor Dir, Kinder eben.

Du bist die Karte der Kraft, des Triumphes und der Herrschaft über die Dinge. Doch wehe dem, der meint, der Triumph sei seiner! Es ist immer das Licht, das siegt. Und dieses leuchtet gnadenlos aus, was noch verborgen ist. Wehe dem, der seinen Schatten verleugnet. Er wird scheitern an seinem verdunkelten Selbst.

„Wahrscheinlich habe ich in meinem ganzen Leben noch nie jemanden wirklich geliebt."

Ina sagte es leise und ohne Nachdruck und blickte voll ins Gesicht der alten Nonne. Diese lachte sie freudig an und aus ihrer dunklen Mundhöhle ragten mächtig wie Menhire zwei einsame Zähne, eindrückliche Mahnmale vergangener Zeit. Aus den Augen der alten Frau strömten mit unglaublicher Kraft Gutmütigkeit und Liebe. Und ihr Strahlen hörte während der ganzen Zeit nicht auf, in der Ina in einer fremden Sprache Geschichten erzählte, die die Alte unmöglich verstehen konnte. Am Anfang hatte Ina nur vor sich hin gemurmelt, mit der Zeit war sie aber lauter geworden. Aber nun, wo sie am Ende ihrer Lebensbeichte angekommen war, sprach sie ruhig und fast sachlich.

Stammelnd hatte sie von ihrem Vater erzählt, dessen harte, blaue Augen die ersten waren, die sie geängstigt hatten. Sie wurde wieder zum Kleinkind in der Wiege, sah diese zwingenden Augen über sich und hatte keine Wahl, als diesen Mann erneut zu lieben. Oder war es einfach die Unterwerfung des Schwachen unter das Starke? Jedenfalls gab es keine andere Möglichkeit, als zurückzulächeln, ihm durch ihre großen, grauen Babyaugen ihre sich unterwerfende Kleinkinderseele zu senden. Und diese wirkte. Der strenge Blick des Vater wurde weich und zärtlich, für einen Augenblick oder zwei. Doch dann traten schon wieder Härte und unverständliche Fremdheit in seine Augen, und Ina fühlte sich von Vernichtung bedroht. Und sie wurde noch einmal das kleine Kind, das seine Angst bezwang, das strahlte im Versuch, das Fremde zu verscheuchen und die Liebe zurückzugewinnen – das lächelte, um den Vater zurückzuführen, zu verführen, damit er sie nicht allein ließe. Denn Alleinsein bedeutete, nicht wahrgenommen werden. Und nicht wahrgenommen werden, hieß, nicht vorhanden zu sein. Die Panik übermannte Ina erneut. Was hatte sie nicht dafür bezahlt, dieser Angst, nicht zu sein, zu entrinnen? Sie wusste es nicht, aber sie spürte, dass ihr jedes Opfer angemessen schien, um Gewissheit zu erlangen, dass sie existierte. Alles hatte sie gegeben, jederzeit, die Seele zuerst, den Körper danach, um sich wenigstens für kurze Momente im Blick eines andern zu spiegeln und zu erfahren, dass es sie gab. Und jetzt war diese Angst zurückgekehrt, während sie einsam dalag, zuerst in ihrer Zelle und später hier im Tempel: Die Furcht, nicht vorhanden zu sein, weil keiner sie sah. Eine Panik, die so groß war, dass sie mit jedem Mittel besänftigt werden musste. Und es schüttelte sie wie im Fieber oder im Frost, während die gute alte Nonne Inas Hände hielt und rieb und sagte: „Du bist ein gutes Mädchen, komm trink, das wird Dir gut tun."

Ina nippte gehorsam am Teeschüsselchen und zerdrückte den übersüßen Tee auf der Zunge ohne etwas zu schmecken. Sie war dankbar, dass sie nicht allein war, dass sie sich nun in dieser Fürsorge aufgehoben fühlen konnte. Die Zuwendung der Nonne sagte ihr, dass sie lebte.

Inas Stimme zitterte, als sie weiter redete.

„Und danach mit Peter war es das gleiche. Er sah mich an...er sah mich so seltsam an. Und ich hatte wieder diese Panik. Vor was fürchtete ich mich denn so sehr? Ich hatte solche Angst. Und plötzlich weiß ich, was mir Angst machte: Ich wollte nicht, dass er wegschaut!"

Die Tränen kamen hoch, als sie sich so sah: Das junge Mädchen, das darauf angewiesen war, wahrgenommen zu werden, für das Alleinsein bedeutete, ins Nichts zu versinken. Ina empfand in diesem Moment ihre ganze, damalige Not. Und sie sah sich lächeln, lächeln, verführerisch lächeln.

„Ich wusste so genau, was er wollte, aber ich lächelte. Er war mein Lehrer und eine Respektsperson. Ich wollte seine Anerkennung. Und trotzdem: Ich verstehe nicht, warum er die Macht hatte, mich zum Lächeln zu bringen, wo ich ihn doch eigentlich fürchtete."

Ina versank in Schweigen. Sie nagte an der Unterlippe und erlebte sich wieder in der Schulbank, lächelnd und gleichzeitig gefroren vor Spannung, bis sie die Gewissheit hatte, dass auch diesmal ihr Zauber seine Wirkung nicht verfehlte. Sie sah den Mann, wie er sich zu ihr neigte, wie er schmolz. Und sie sah, wie sie sich entspannte im Gefühl der Erleichterung, nicht zurückgestoßen zu sein, endlich angenommen zu sein. Sie glaubte damals, diesen Mann zu lieben. Und dann war da noch der Triumph, der Sieg über ihre Klassenkameradinnen: Sie war kein Nichts. Sie war die Geliebte des Lehrers, sie hatte es geschafft, diesen von allen gefürchteten Mann zu erobern. In ihren Händen war er weich wie Wachs. Das gab ihr Sicherheit und Macht. Denn hinter seiner strengen Person und seinem selbstsicheren Auftreten fühlte sie, so unerfahren sie auch war, seine Brüchigkeit.

Und voller Schrecken erkannte sie nun, dass nicht nur er mit ihr, sondern auch sie mit ihm gespielt hatte. Zwar hatte am Anfang ihr Bedürfnis, geliebt zu sein, sie zu Anpassung gezwungen. Verzweifelt wartete sie, wenn er bei seiner Familie war und sie sich vernachlässigt fühlte. Doch schon bald rächte sie sich mit Launen. Sie wollte nicht mehr dulden, wurde böse und drohte immer wieder, ihn zu verlassen oder sogar anzuklagen. Und er, er flehte sie auf den Knien an, ihn nicht zu vernichten. Sie hatte die Macht, ihn zu zerstören und sie hatte sie genossen! Jetzt sah sie, dass sie sich beide ebenbürtig gewesen waren: Jeder hatte die Kraft, den anderen zu zerbrechen.

„Was für ein grauenhafter Unsinn," murmelte sie und klammerte sich an die Hand der alten Nonne, „ich glaubte zu lieben, aber ich manipulierte. Warum konnten wir nicht einfach gut zueinander sein?" Und sie erregte sich so sehr, dass die alte Nonne wiederum einschreiten musste, sie an den Händen zog, bis Ina zum Sitzen kam. Dann fing sie an, ihr sorgsam den Rücken zu massieren. Das sanfte Kreisen beruhigte Ina wieder.

Wie unglaublich sich Menschen quälen, dachte Ina traurig. Sie suchen doch nur Schutz und Liebe und werden dabei zu Feinden, zu Widersachern auf Leben und Tod. Und hässliche Szenen kamen ihr in den Sinn. Hatte sie sich am Ende ihrer Beziehung nicht tatsächlich den Tod des Geliebten gewünscht, und war er ihr nicht an den Hals gefahren, als sie ihm sagte, nun sei endgültig Schluss? Sie war damals sicher, er würde zudrücken, um sie für immer zum Schweigen zu bringen. Und sie wäre gerne gestorben in jenem Augenblick.

Der haltlose Schrecken jenes Tages stieg wieder auf. Ihre Ungläubigkeit, dass es so weit hatte kommen können, aber auch ihre Wut, dass er es gewagt hatte, so weit zu gehen. Und sie spürte noch einmal die Kraft, die ihr die Gewissheit gab, sich nun durch nichts mehr aufhalten zu lassen. Dafür war sie bereit, zu sterben, wenn es denn sein musste.

Sie hatte sich mit einem mächtigen Schlag losgerissen aus der fürchterlichen Umklammerung ihres gefährlichen Liebhabers und war davon gerannt, ohne noch einmal zurückzuschauen. Sie rannte und floh, bis das Mittelmeer zwischen ihnen lag und die arabische Wüste. Doch Ruhe fand sie erst, als auch noch der indische Subkontinent sie trennte.

Sie hatte ihren Frieden mit der Welt und ihrer Vergangenheit gemacht, so glaubte sie wenigstens. Doch dann kam der Tag, als in Swayambhunath, die sonst immer verschlossenen Tempeltüren offen standen und sie hineinblickte, in die braunen, forschenden Augen des Affengottes Hanuman.

Und die Vergangenheit war über sie hergefallen. Eine unerkannte Panik hatte sie ergriffen, unausweichlich, und hatte sie aufgewühlt, auch wenn sie es sich nicht eingestehen wollte. Nein, damit wollte sie jetzt nichts mehr zu tun haben. Nein, sie wollte sich ihren inneren Frieden nicht erschüttern lassen. Darum hatte sie, als der Blick von Karl alles noch einmal aufrührte, nach dem alten Muster reagiert und sich verliebt. Sie hatte ihn an der Hand genommen. Sie hatte mit ihm geschlafen. Und sie hatte ihn zurückgestoßen. In der Hoffnung, so ihre Ängste neutralisieren zu können.

„Ich liebe, um meine Angst zu beschwichtigen. Ich liebe unweigerlich, was mir Angst macht." Ina sagte es trocken, nach einer sehr langen Pause, in der die Nonne angefangen hatte, leise vor sich hinzumurmeln, den Blick ins weite Nirgendwo verloren. Die Alte betete die heiligen Mantras und Lieder, die sich an die mitleidige Tara richteten und an alle heilenden Buddhas der westlichen und östlichen Himmel.

Ina hörte, endlich ruhig geworden, besänftigt zu. Sie sah jetzt den chinesischen Offizier vor sich, stramm und gutaussehend. Und sie verstand, dass er mit ihr gespielt hatte wie auf einem Instrument. Er hatte mit seltsamer Zielsicherheit diese Saite in ihr berührt und Ina zum Schwingen gebracht. Und sie konnte ihm nicht einmal böse sein. Sie hatte ihr Muster gelebt, einmal mehr. Und selbst dass sie ohnmächtig geworden war, änderte nichts daran.

Ina sah in diesem Augenblick tiefer in sich hinein als je zuvor. Doch merkwürdigerweise schauderte sie nicht vor dem, was sie sah. Sie betrachtete sich mit kühlem Interesse und ohne besonderes Mitleid. Sie betrachtete ihre Verhaltensmuster wie das Dekor auf einem Teller und es gefiel ihr nicht, was sie sah. Aber sie fühlte sich weder schuldig noch unglücklich. Nur der Gedanke an Karl machte sie beklommen. Sie musste ihn verletzt haben. Sie hatte ihn missbraucht. Und sie würde keine Gelegenheit mehr finden, sich zu entschuldigen. Er war bestimmt schon über alle Berge, verschwunden, und sie kannte nicht einmal seinen Nachnamen. Er würde weiter seiner Wege gehen und den Samen ihres üblen Verhaltens mit sich tragen. Und vielleicht genau in dem Moment, wo sich ihm eine Frau in ehrlicher Zuneigung näherte, würde dieser Same aufgehen und alles zerstören. Karl würde sich nicht öffnen können, er würde sich zusammenziehen und schützen müssen. Und ein weiteres Glied in der Kette von unglücklichen Verhaltensweisen wäre geschmiedet, durch ihre Schuld. Dagegen konnte nichts mehr unternommen werden. Ihre Angst, auch jetzt, wo sie diese selbst überwunden hatte, würde sich fortpflanzen in seinem Leben. Und seine Beziehungen, würden nie so sein, wie sie es gewesen wären, wenn sie sich ihm gegenüber nicht so herrschsüchtig und unbedacht benommen hätte. – ,Karma', sagte sich Ina, ,sein Karma und mein Karma.' Aber es tröstete sie nicht. Sie wusste, dass sie in diesem Punkt versagt hatte und dass sie es nicht wieder gutmachen konnte.

Sie würde damit weiterleben müssen. Und das tat weh. Sie empfand zum ersten Mal die Grausamkeit der Zeit, die uns nur erlaubt, in einer Richtung zu gehen, vorwärts, vorwärts. Und uns dazu zwingt, Unerledigtes zurückzulassen, schmutzige Schulden, zurückgelassen wie Abfall am Rand einer Autobahn.

Vorwärts, murmelte Ina unhörbar in Gedanken. Lade nicht einen zweiten Fehler auf den ersten, versink jetzt nicht in Selbstmitleid. Es muss weitergehen. Und sie spürte, dass sie in den vergangenen Jahren und Tagen bereits für einen Teil ihrer Fehler bezahlt hatte. Doch nun war es Zeit, sich zusammen zu rappeln und neu anzufangen, bewusst den Weg zu wählen im Wissen darum, was sie hinter sich zurückließ.

Ina bat um Wasser, um sich zu waschen. Doch bevor sie sich noch mit ihren wenigen Brocken tibetisch bei der lieben, alten Frau verständlich machen konnte, kam eine jüngere Nonne, die Englisch sprach. Ina wurde gebeten, zur Äbtissin zu kommen.

Auf dem Weg zu den Quartieren der Nonne bemerkte Ina nun endlich, dass sie sich in einem kleinen Paradies voller Schönheit, Harmonie und Frieden befand. Und

Dankbarkeit durchflutete sie, dass sie hier Aufnahme gefunden hatte, ohne zu wissen, warum und wieso.

Die Vorsteherin des Klosters war eine schöne Frau mit einem alterslosen Gesicht, ihre kurzen Haarstoppeln waren dicht wie ein Teppich und schwarz und weiß gemischt. Ihre Augen blickten streng, was heftig und schmerzhaft an Inas Wunde rührte. Aber sie fürchtete sich nicht, sondern dachte nur: ‚Da ist es wieder' – und hielt still. Sie legte die Hände zusammen und warf sich vor der Äbtissin nieder, drei Mal. Dabei schwankte sie vor Schwäche.

Die Äbtissin segnete sie mit einer wundervoll sanften Handbewegung und zeigte dann auf ein Kissen. Ina setzte sich. Eine junge, kahlgeschorene Novizin mit mondrundem Gesicht brachte Tee.

Die Äbtissin sprach mit großem Ernst ein paar wenige Sätze und sah dazu fest in Inas Augen. Die Englisch sprechende Nonne übersetzte.

„Ihr Koffer ist gebracht worden. Unsere Kontaktperson sagt, es sei alles in Ordnung. Sie können morgen ausreisen."

Ina nickte dankend. Dann tranken die beiden Frauen Tee. Stille herrschte und Ina saß einfach da und betrachtete den Zementfußboden mit dem abgetretenen Teppich, die roten Kissen und die Tasse in ihrer Hand. Alles wirkte ärmlich, war aber blitzsauber. Zwei Tankas an den Wänden bildeten mit ihren strahlenden Farben den einzigen Akzent im Raum. Ina sah bewundernd in die hellen Regenbogenfarben des Lotosthrons, auf dem ein versunkener Buddha Shakyamuni meditierte, die Hände in der Geste des Lehrens erhoben.

Die Äbtissin bemerkte Inas Interesse und sagte durch die Übersetzerin: „Die Tankas, die Sie nach Samye gebracht haben, sind nun sicher. Sie haben dem tibetischen Volk einen großen Gefallen erwiesen. Sie sind nämlich heilig und sehr kostbar." Sie machte eine Pause, um der

Übersetzerin genügend Zeit zu lassen und fuhr dann fort:

„Es gibt, leider auch unter den Mönchen Menschen, die bereit sind, diese heiligen Güter ins Ausland zu verkaufen. Es hat sich inzwischen allgemein herumgesprochen, wie wertvoll diese alten Tankas sind. Es ist nicht einmal unbedingt Gewinnsucht, die sie antreibt. Sie glauben, sie brauchen das Geld für ihre Klöster. Dabei ist es doch so, dass diese Klöster keinen Wert mehr haben, wenn ihre Heiligtümer verloren sind. Aber...", sie lächelte warm, „...die Meinungen sind eben geteilt. Und jedenfalls sind diese Tankas, die Sie gerettet haben, sehr wertvoll. Darum versuchten auch die Chinesen, sie zurück zu bekommen."

Ina staunte. Tankas waren es also gewesen, die sie transportiert hatte! Das Paket war ihr allerdings schwer vorgekommen. Vielleicht waren auch noch Bücher dabei? Oder doch Geld oder Waffen, wie sie einen Augenblick lang vermutet hatte? Jetzt war es ihr gleichgültig, sie wollte nichts mehr damit zu tun haben. Sie war mit etwas ganz anderem beschäftigt.

„Darf ich etwas fragen?" Soviel konnte sie auf tibetisch sagen.

Die Äbtissin nickte. Ina benütze nun aber auch die Dienste der Übersetzerin. „Was tut man, wenn man einsieht, dass man vollkommen falsch gelebt hat? Was tut man, wenn man Dinge getan hat, die nicht wieder gutzumachen sind?"

Die Tatsache, dass übersetzt wurde, schuf Distanz und ließ Ina ruhiger sprechen, als sie sich fühlte. Die Äbtissin sah sie aber durchdringend an und Ina meinte zu spüren, dass sie ihre Beklommenheit mitfühlte. Und dann geschah etwas sehr Seltsames, etwas, das Ina erst nach Stunden des Nachdenkens wirklich erfasste: Im Gesicht der Äbtissin ging eine Art von Sonne auf. Es begann in den Augenwinkeln und legte diese in winzige Fältchen, dann verbreitete es sich über die Wangen. Die Haare schienen nach oben zu rutschen und der Stirne mehr Raum zu schaffen. Und die etwas herben Lippen verbreiterten sich zu einem unglaublich liebevollen Lächeln. Ein Licht schien sich auszubreiten, das das kleine Zimmer füllte und ein Strahlen, das jeden Schmerz vergessen ließ, war im Raum.

Die Äbtissin sagte mit dunkler Stimme und hellen, lachenden Augen einen ganz kurzen Satz und die Nonne übersetzte: „Nichts ist falsch, es gibt kein falsches Leben."

20 Das Gericht

Die Trompete erschallt und ihrem Ruf entzieht sich niemand. Selbst die Erde öffnet ihren Schoß und entlässt die Toten. In Anbetung verharren Männlein und Weiblein vor der höheren Macht. Oder ihrem Herold, dem Engel.

Er ist von blauen Wolkenkringeln rund umkränzt. Ein Heiligenschein schwebt über seinem goldenen Haar. Und sein Strahlenkranz reicht hinunter bis zu den Hügeln, eine himmlische Berührung für einen gebeutelten Planeten.

Der Engel ruft aus der Mitte des heiligen Kreises. Aber was meint sein Ruf? Im Tarot steht das Gericht für Erlösung, für die Wendung zum Besseren. Die bringt der Engel. Auf seiner Flagge trägt er ein gleichschenkliges Kreuz, das Zeichen der vier Elemente und der Erde. Er ist der Bote des Hier und Jetzt. Die nackten, von keinen Erkenntnissen bekleideten Menschen ruft er nicht ins Jenseits, sondern zurück in die Welt. Hier werden wir beurteilt: Leben wir? Oder sind wir bereits im Nichtsein versunken, getötet durch fixe Vorstellungen, vampirisiert durch Vorurteile, durch hemmende Ideen erwürgt? „Männlein und Weiblein", scheint der Engel zu rufen, „die Gerechtigkeit verlangt, dass Ihr aufsteht und lebt, bevor Ihr Euch dem Tod hingebt!"

Der Himmel lag Karl zu Füßen, und in ihn eingebettet der überlebensgroße, goldene Buddha, dessen Bild das spiegelglatte Wasser eines Teichs zurückwarf. Ein sanfter Glanz lag über dem Ganzen und Karls Blick schweifte fasziniert vom Felsenbild zur Spiegelung und zurück, bis schließlich ein leises Windchen die Wasserfläche rippelte und das heilige Bild in farbige Streifen zerriss. Nun kamen auch die bunten Gebetsfähnchen auf der Spitze des Felsens in Bewegung und schickten ihre frommen Wünsche fröhlich in die klare, dünne Luft. Karl sah mit Wehmut in die Landschaft, die er nun verlassen musste. Das Rauschen der Stromschnelle im Fluss neben der Straße trat ihm klar ins Bewusstsein, und er versuchte sich alles einzuprägen: das Hellblau des kalten Wassers, das polsterartige Gras am Flussufer, die Farbschattierungen der Berge, das Boot aus Yakhaut, das zum Trocknen aufgestellt war und aussah wie ein kleines Nomadenzelt, und der Himmel, so nah und unerreichbar zugleich, besetzt mit ein paar weißgrauen, rundlichen Wolken. Ohne Worte verabschiedete er sich von diesem Land, das ihm die Erinnerung an sein Herz zurückgebracht hatte und ihm gleichzeitig vorenthielt, was dieses Herz begehrte. Dann stieg er in den Geländewagen ein und sagte Penpa, dass sie nun weiterfahren könnten. Und ohne weiteren Halt erreichten sie eine Stunde später den Flughafen von Gongkar. Karl verteilte großzügige Trinkgelder an Tashi und Penpa und dankte noch einmal für ihre Unterstützung, obwohl diese nur halbherzig gewesen war.

Die letzten Tage in Lhasa hatten Karl nämlich wenig gebracht. Zwar hatte er versucht, Penpa für seine Zwecke einzuspannen, indem er überall nach der verhafteten Ina fragte. Doch Penpa warnte offenbar die Angesprochenen und sagte ihnen, dass sie einen verrückten Ausländer bei sich habe. Er las dies aus den erstaunten, amüsierten oder gar höhnischen Gesichtern der Leute, die er zu befragen versuchte. Schließlich hatte er seine Führerin gezwungen, ihn auf die Hauptwache der Polizei zu bringen. Dort ließ man ihn während Stunden in einem miserablen kleinen

Wartezimmer sitzen. Und wenn er sich beschwerte, erklärte man ihm, der zuständige Beamte sei noch nicht da.
Dann eröffnete ihm Penpa, sie hätte nun Feierabend und
falls er ins Hotel zurückgefahren werden wolle, müsse er
jetzt mitkommen. Karl blieb trotzig sitzen. Doch als dann
schließlich der zuständige Offizier auftauchte – es war ein
eleganter Chinese mit gut geschnittenen Reithosen und an
den Kopf geklebten Haaren, der eine Mischung zwischen
Verbindlichkeit und Arroganz ausstrahlte – da stellte sich
heraus, dass sämtliche Übersetzer bereits nach Hause gegangen waren. Der Offizier gab Karl ein Papier, auf das er
sein Begehren schreiben sollte und sagte „tomorrow",
morgen, und zuckte dabei bedauernd die Schultern. Aber
Karl wusste, dass er ihn verhöhnte und er sich selber zum
Narren machte.

Penpa versuchte alles Mögliche, Karl seinen Plan vergessen zu machen. Sie schleppte ihn in die Klöster außerhalb von Lhasa. Sera und Drepung zeigten ihre
Zerstörungen und ihre Schätze, aber Karl wollte nichts
davon zur Kenntnis nehmen und ließ sich nicht ablenken.
Nichts vermochte sein Interesse zu wecken, weder die
jungen Mönche, die im trockenen Garten unter kleinen
Bäumen in Kreis versammelt waren und schreiend und
gestikulierend theologische Fragen diskutierten, noch die
riesige Klosterküche, die dunkel war wie eine mittelalterliche Filmkulisse, in der messingbeschlagene Teekessel und
Tsampakübel blitzten. Die Mönche hier nach Ina zu fragen, schien aber grotesk und so gab Karl schließlich seine
Suchaktion auf. Er konzentrierte sich auf einen anderen
Plan.

Als sie wieder einmal über Land fuhren, ließ Karl den
Wagen anhalten. „Ich muss mit Ihnen beiden sprechen",
sagte er zu Penpa.

Sie sah ihn unberührt und abweisend an.

„Ich weiß, dass Sie Beziehungen haben. Es muss im
Jokhang Mönche geben, die meine Freundin kennen. Ich

kenne nur ihren Vornamen: Ina. Ich brauche dringend ihren ganzen Namen und wenn möglich auch ihre Adresse. Sie müssen mir diese besorgen."

Penpa übersetzte für den Driver. Ihre Worte waren ohne Ausdruck. Tashi blickte finster ins Leere.

„Ich bin bereit, jeden Preis zu bezahlen."

Penpa übersetzte. Tashi zuckte mit den Schultern. Dann sagte er etwas. Penpa gab seine Worte wieder: „Werden Sie dann Ruhe geben? Sie machen uns Scherereien."

Karl nickte: „Ich verspreche es."

Der Fahrer wurde nicht freundlicher, als er ein paar Worte brummte. Aber Penpa sagte: „Wir werden sehen."

Als Karl am nächsten Morgen erwachte, lag ein Zettel vor seiner Tür, den jemand in der Nacht durch den Schlitz geschoben haben musste. „Ihre Freundin ist in Sicherheit." Karl fragte sich, ob die Botschaft zutraf oder ob man ihn nur ruhig stellen wollte. Aber als ihm Penpa später im Wagen einen Zettel mit Inas Namen reichte, beschloss er, tatsächlich Ruhe zu geben. Es blieb ihm ja ohnehin nichts anderes übrig. Und er hoffte, dass es stimmte, was hier stand: „Ina Schön, Köln." Damit würde er zum deutschen Konsulat in Katmandu gehen und zur chinesischen Botschaft in Bonn und nicht nachlassen bis er Ina wieder aufgetrieben hätte.

So waren die letzten Tage in Lhasa vergangen. Und nun war alles vorbei. Karl saß in der kleinen, lausigen Abfertigungshalle des Flughafens und betrachtete den rosengeschmückten Spucknapf, der in der Ecke stand, und die Kolonne von Mitreisenden und Gepäck, die sich zwischen den zwei Sitzbänken, auf denen er sich einen schmalen Platz ergattert hatte, zu ballen begann. Die Tibeterfamilie, die neben ihm saß, packte ihr Picknick aus. Auch Karl wurde Tee angeboten, was er dankbar lächelnd annahm. So merkte er nicht, dass draußen ein Militärlastwagen in einer gewaltigen Staubwolke vorfuhr und mit einem lauten Rutscher stoppte. Doch als die Tür aufschwang, sah Karl auf. Er blickte direkt in Inas riesengroße Augen. Ina sah schmal und müde aus und in ihrem sonst so hellen Blick glomm ein dunkles Feuer.

„Ina!" Karl flüsterte mehr, als er rief. Doch sie sagte eben so leise: „Nachher." Dann hatten sie die Soldaten schon an der wartenden Kolonne vorbei zur Abfertigung geführt. Sie war schon durch die Kontrolle durch als ein dritter Uniformierter mit einem Koffer hereinrannte und ihn an den Beamten vorbei nachreichte. Dann verschwanden Ina und Koffer.

Und nun verging Zeit. Es dauerte schier endlos, bis sich die Zollbeamten zu bewegen begannen und die Passagiere nach Katmandu abgefertigten, doch Karl wartete voller Geduld. Ina war aufgetaucht, Ina war da. Nun war er ruhig, nun eilte nichts mehr.

Als die Pässe endlich kontrolliert und das Gepäck durchleuchtet und gewogen war – die Chinesen ließen die Touristen die Arbeit machen und beschränkten sich darauf, mit strengem Kontrollblick dabei zu stehen – wurden sie in die Wartehalle gebeten. Ina saß bereits in einer Ecke bei der Tür, flankiert von drei Soldaten. Sie hatte die Augen geschlossen und wartete. Der Einbruch des Militärs in das friedliche Frauenkloster hatte sie noch einmal zu Tode erschreckt: Mitten ins Gespräch mit der Äbtissin war eine aufgeregte Nonne geplatzt, die unverständliche Sätze stammelte. Kurz darauf war ein chinesischer Offizier hereingestürmt. Er sprach kurz mit der Äbtissin. Diese wechselte ein paar Sätze mit der Übersetzerin. Und Ina beobachtete alles atemlos und voller Schrecken. Endlich wurde ihr gesagt, um was es ging:

„Sie sind ausgewiesen aus der chinesischen autonomen Region Tibet."

Ina war nicht fähig, zu reagieren. Der Anblick der grünen Uniform lähmte sie. Erst als die Übersetzerin sie leicht am Arm berührte, nickte sie traumwandlerisch.

„Sie müssen gleich mitgehen." Sie sah die Trauer in den

Augen der Nonne und spürte, dass diese sich fürchtete. Hatte sie Angst vor den Soldaten oder bangte sie um Ina?

Ina stand auf und warf sich vor der Äbtissin zu Boden. Die Übersetzerin stammelte entsetzt: „Tun Sie das nicht!". Und Ina begriff und ließ es bei einem Mal bewenden. Sie dankte in den wenigen, tibetischen Worten, die sie beherrschte. Und dann wurde sie abgeführt. Sie fühlte sich taub vor Angst. War sie wieder verhaftet? Würden sie sie wieder ins Gefängnis stecken? Doch dann klang in ihrem Innern die Stimme der Übersetzerin auf, mit den Worte der Äbtissin: „Es gibt keine Fehler und es gibt kein falsches Leben." Und diese Worte trösteten sie, auch wenn sie nun nicht handelte, sondern den Handlungen ihrer Feinde ausgeliefert war.

Als der Lastwagen in die Straße nach Westen einbog und die Vororte von Lhasa langsam zurückwichen, merkte Ina mit Erleichterung, dass sie direkt zum Flughafen gebracht wurde. Und nun saß sie da und wartete, unfähig, sich zu regen, aus Furcht, dass die Falle doch noch einmal zuschnappen könnte. Sie machte sich einmal mehr unsichtbar, indem sie die Augen schloss und kaum atmete.

Als der Bus kam, der die Passagiere zum Flugzeug bringen sollte, stiegen die Soldaten mit Ina als erste ein. Und vor dem Flugzeug warteten sie, bis alle andern Passagiere ihren Platz eingenommen hatten. Erst dann brachten sie Ina in einer der vordersten Reihen unter. Karl sah sie die Treppe hoch kommen, aber er hatte keine Möglichkeit, zu ihr zu gelangen.

Erst als sie in der Luft waren, wagte er, nach vorne zu gehen. Unter ihnen war die Wüste des Tsangpo-Tal bereits verschwunden und die Windungen des Yamdrok-Sees schimmerten im hellsten Türkis. Hügelkette reihte sich hinter Hügelkette, alles Fünftausender aus Schutt. Und da saß Ina, klein und schmal allein in ihrer Reihe.

Karl setzte sich neben sie und nahm ihre Hand. Sie zitterte.

„Es wird alles gut, es wird alles gut." Er murmelte beschwörend wie man einem kleinen Kind oder einem Tier zuspricht, das nichts versteht als den Klang der Stimme. Und als sie nicht zu zittern aufhörte, fragte er leise: „War es sehr schlimm?"

Sie nickte stumm.

Er hätte sie so gerne in den Arm genommen und vor allem Elend der Welt beschützt, aber die Sitze waren eng und erlaubten keine Bewegung. So drückte er ihre Hände und streichelte sie.

‚Ich werde Dich nie mehr allein lassen, ich werde Dich in Zukunft beschützen.' Karl wiederholte diesen Gedanken wie ein Mantra in sich. Und Ina schien es zu spüren, denn sie hörte auf zu zittern und ihre Hände erwärmten sich ein wenig. Draußen tauchten langsam die Silberspitzen der Himalayakette aus den dichten Wolken. Ina richtete sich auf, holte tief Atem und sagte mit einer Stimme, die trotz ihrem Flüstern vor Trockenheit kratzte: „Man hat mich missbraucht und es war nicht das erste Mal in meinem Leben. Aber es war das erste Mal, dass ich mir bewusst bin, dass auch ich missbraucht habe." Sie blickte ihn geradeaus und starr an, mit Augen, die dunkel waren vor Entsetzen. Und Karl wich ihrem Blick nicht aus. Er fühlte ihren und seinen Schmerz und hielt ihm stand. Er streichelte Inas Hände und zog sie an seine Lippen. Er blickte sie unverwandt an und ihm war, als ob sein ganzes Wesen mit ihr litte. Und als er wieder die Kraft zu sprechen hatte, sagte er leise aber fest: „Es ist schrecklich, aber es ist die Vergangenheit. Wir können neu anfangen, ab jetzt."

Und als von Ina keine andere Antwort kam, als eine herabrinnende, stumme Träne, sagte er lauter und noch bestimmter: „Lass uns alles vergessen. Lass uns neu anfangen. Jetzt und zusammen."

21 Die Welt

Dort wo sich die vier Winde treffen, wo sich die vier Elemente kreuzen, im Schnittpunkt, im Zentrum tanzest Du, Welt: Die nackte Wahrheit, nur leicht verschleiert, so stehst Du mit einem Bein auf goldenem Grund, in der Linken einen Zauberstab, in der Rechten etwas, das sich nicht entziffern lässt. Ein Kranz um Dich herum bildet ein Mandala. Oder das Kosmische Ei, aus dem alle Dinge gekrochen sind und in Zukunft schlüpfen werden.

Nackt und auf einem Bein tanzt Shiva, der die Welt entstehen lässt und wieder zerstört. Und nackt tanzen die tibetischen Dakinis, blutrünstige Dämoninnen, die zwischen den Göttern und den Menschen vermitteln und den Adepten den Weg zur Weisheit zeigen. Bist Du das nicht alles auch, Welt? Blutrünstiges Schlamassel und gleichzeitig Wegweiser daraus hinaus?

Die Zeichen der vier Evangelisten beobachten Deinen Tanz, der Adler für die Luft, der Löwe für das Feuer, der Engel für das Wasser und der Stier für die Erde. Er hat als einziger keinen Heiligenschein und sieht überhaupt eher aus wie ein Pferd. Vielleicht ist es Pegasus, das Reittier der Dichter, in das sich in diesem Spiel die schwerfällige Materie verwandelt hat?

Was sagst Du uns aus über Dich, Welt? Dass Du aus der Bewegung entstehst? Dass Du die Materie mit links regierst, rechts aber ein Geheimnis hütest, in dem sich die Wissensdurstigen aller Zeiten verheddern? Weist Dein dreifarbiger Kranz auf die Ebenen von Körper, Seele und Geist, auf denen Du Dein Wirken entfaltest?

Deine Karte steht für den absoluten Triumph des Zentralen über das Periphere und verspricht das gute Ende einer Aufgabe und größtes Heil. Auch wenn ich das gerne glauben möchte, Welt, muss ich Dir doch gestehen, dass mir manchmal Zweifel über Dich kommen.

„Man kann die Vergangenheit nicht einfach vergessen." Ina saß auf dem geschnitzten Lehnstuhl vor dem Fenster und in ihrem Rücken wiegten sich die großen roten Blüten eines exotischen Baumes im Wind. Sie hatte fast vierundzwanzig Stunden erschöpft geschlafen, die ersten Stunden in Karls Armen, zusammengerollt wie ein kleines Tier. Sie war nicht erwacht, als er sein Frühstück bestellte, obwohl der Zimmerkellner ziemlich laut mit den Tassen geklappert hatte. Und sie hatte sich nur einfach umgedreht, als der Kellner nach ein paar Stunden mit Sandwiches für Karl wiederkam.

Karl war stundenlang halb aufgerichtet neben ihr gelegen und hatte sie betrachtet und über seine Vergangenheit und ihre Zukunft nachgedacht. Er war in einer merkwürdigen Verfassung, vom Warten und Stillsitzen in eine gallertartige Lethargie verfallen, durch die die Triller der Vögel im Garten seltsame Schnörkel schlugen wie Leuchtspuren von Raketen in einem schwarzen Himmel. Da waren sie nun: Vom Dach der Welt hinuntergestürzt und gelandet in der geschäftigen und bunten Stadt Katmandu, in der Karl nach der durchsichtigen Stille der tibetischen Täler zu ersticken meinte. Gewimmel und Unruhe hatten sie am Flughafen empfangen, dazu die üblichen Scharen von Bettelkindern, die an ihnen zupften. Die Luft war dick vom Abgas und feucht vor Wärme gewesen, als sie mit dem Taxi vom Flughafen zum Hotel gefahren waren, zwischen hupenden Autos und stinkenden Scooters. Und dann kam als stärkster Kontrast der Luxus dieses Hauses: kühle Räume, von Teppichen gedämpfte Geräusche, Seidentapeten und Silbergeschirr. Und der von üppigem Grün und herrlichen Blütendüften überquellende Garten, der zum Fenster hereinzuwuchern schien. Doch Ina und Karl waren zu müde, um viel wahrzunehmen. Sie waren erschöpft in das breite Bett gesunken und eng umschlungen eingeschlafen, aneinander gekuschelt wie verlorene Kinder.

Als Ina endlich erwachte und Karl aus seinem Dämmerzustand riss, wandelte sich der Abend hinter den Baumsilhouetten gerade von rosa zu grau, doch noch lag dieser Schimmer von Gold auf dem farblosen Himmel, der das Herz weit werden lässt und so etwas wie Hoffnung auf Versöhnung weckt. Eine Taube gurrte rhythmisch.

Ina sah mit einem verwunderten Blick um sich, fasste sich aber schnell. Sie drehte sich gegen Karl und berührte ihn zart an der Wange. „Jetzt brauche ich eine Dusche", sagte sie, mit einem Ernst, als ob eine Dusche ein lebensrettendes Medikament wäre. Während sie im Badezimmer war, bestellte Karl neuen Tee.

Und dann sprachen sie und sprachen sie. Zuerst erzählte Ina von ihrem Gefängnisaufenthalt. Und Karl von seinen hoffnungslosen Unternehmungen, sie zu befreien. Dann schilderte sie die zurückliegende Monate in Katmandu. Und danach führte sie Karl schrittweise weiter zurück in ihr Leben, zu ihrem Entschluss, Buddhistin zu werden, zu ihrer Flucht von Zuhause, zu ihrer großen Liebe, die sie nun als Angst und Verstrickung erkannte. Und sie endete ihre Erzählung damit, dass sie betonte, dass sie sich im Moment auf nichts einlassen wolle, dass sie nicht plötzlich ein anderer Mensch werden könne, dass sie ihre Vergangenheit zuerst aufarbeiten müsse, bevor sie ein neues Leben mit Karl ins Auge fassen könne.

Dann begann Karl zu erzählen, von seiner Vergangenheit, seinen Verlusten, seinen Wunden. Er legte alles offen, seinen Versuch, sich vor Gefühlen zu schützen, seinen Entschluss, nie mehr zu lieben und seine neue Erkenntnis, dass nicht wirklich lebt, wer sich vor Schmerzen zu schützen versucht.

„Es geht nicht darum, zu verdrängen und zu vergessen, Ina", sagte Karl und griff nach seiner Tasse, in der allerdings nichts mehr war, „es geht darum, trotz allem den Mut zu haben, neu anzufangen. Ich dachte immer, ich müsse stark sein. Und stark sein, bedeutete, keine Gefühle zu haben, denn Gefühle machen verletzlich. Und nun sitze ich da und weiß: Ich bin verletzlich. Ich bin so verletzlich wie noch nie. Denn ich wünsche mir etwas, ich spüre, dass ich…", und nun wurde seine Stimme leise und belegt und Karl räusperte sich, um klar und fest zu sprechen. Doch Ina sah ihn mit großen Augen an und Karl merkte, dass er einmal mehr dabei war, sich selbst in den Griff zu nehmen. Er schluckte und blieb eine Weile still. Dann sagte er, sehr leise, und mit vor Aufregung rauer Stimme: „Du bist mir sehr wichtig, Ina. Ich möchte, dass wir zusammenbleiben." Und seine Augen wurden feucht, als er weiterfuhr: „Ich bitte Dich, Ina."

Ina hielt seinen Schmerz nicht mehr aus und kam zum Bett, auf dem Karl immer noch auf seine Kissen gestützt lag. Sie kniete vor ihm auf den Boden und legte ihren Kopf auf Karls Schenkel, die rund und fest unter der Decke lagen.

„Ich habe Angst", flüsterte sie.

„Ich habe auch Angst", flüsterte er.

Er begann, in ihren Haaren zu wühlen, mit sanften Kreisbewegungen. Er bewegte seine Finger im Takt mit dem Gurren der Taube, die immer noch vor dem Fenster saß. Ina hielt still. Vielleicht weinte sie leise. Dann sagte Karl:

„Aber ist es nicht besser, zu zweit Angst zu haben?"

Da lachte Ina schnell und hell auf und sagte: „Ach, Karl", und drückte sich eng und immer enger an ihn. Und ihre Körper begannen sich aufeinander zuzubewegen, in einem Rhythmus, der immer schneller und hektischer wurde, bis sie sich schließlich fiebrig überall und gleichzeitig berühren und liebkosen wollten und drängten und suchten, bis sie sich einmal mehr ineinander fanden.

Draußen verwandelte sich der Tag in Nacht.

Am nächsten Morgen ging Ina ins tibetische Kloster. Ihr Lehrer, der höchste Lama der Gemeinschaft, saß in seiner Zelle, die losen Seiten eines tibetischen Buches auf einem Tischchen vor sich. Am Boden daneben stand der obligatorische Thermoskrug mit Tee. Er begrüßte Ina mit zusammengelegten Händen und einem Kopfnicken.

„Ich habe von Deiner Verhaftung gehört. Erzähle."

Und Ina sprach, ohne je unterbrochen zu werden. Erzählte von ihrem Treffen mit den Mönchen im Jokhang, dem Kurierdienst nach Samye, ihrer Kraft am Anfang der Gefangenschaft und von ihrem Zusammenbruch. Und dann erzählte sie von Karl und von ihrem Dilemma.

„Ich wollte dem Weg des Buddha folgen, und ich wollte es aufrichtig. Und doch möchte ich jetzt mit diesem Mann gehen." Sie unterbrach sich und sah auf die Gegenstände, die in der Ecke lagen: ein rotes Sitzkissen, davor Butterlampen, Thermoskrüge, Biskuits, ein paar Fotos, Luftpostbriefe und in Tücher eingeschlagene Bücher. Der Lama blieb bewegungslos sitzen. Schließlich fuhr Ina zögernd weiter:

„Ich habe eingesehen, dass ich in meiner Vergangenheit nicht fähig gewesen bin, zu einem anderen Menschen tatsächlich ja zu sagen. Eigentlich gab es nichts als Angst, Abhängigkeit und schreckliche Verstrickung. Aber wer sagt mir, dass ich jetzt anders bin, dass ich jetzt anders fühlen kann?"

Wieder breitete sich eine unbewegte Stille in dem kleinen Raum aus, durch dessen staubige Fenster das Licht gedämpft und sanft eindrang. Der Lama schien mit offenen Augen in Meditation versunken. Seine Lippen bewegten sich tonlos, als ob er ein Mantra spräche.

„Wenn ich mit diesem Mann wegginge, möchte ich ihn wahrhaft lieben. Ich weiß nicht, ob ich die Kraft dazu habe und ob ich beständig bin."

Inas Stimme erstarb im dämmrigen Raum. Sie wurde seltsam bewegungslos. Sie kontrollierte ihre Haltung und konzentrierte sich auf ihren Atem. So saß sie dem Lama gegenüber und versank in eine friedliche Stille, die sich auf eine wunderbare Weise von ihrem Lehrer auf sie übertrug. Eine halbe Stunde verfloss, ohne dass Ina es merkte. Dann begann der Lama zu sprechen.

„Buddha lehrt uns", seine Stimme war stark aber nicht

laut, klar aber nicht hell, „dass uns Gier, Hass und Verblendung an das Rad des Lebens fesseln. Damit wird alles Leiden geschaffen. Trauer und Wut binden Dich an die Vergangenheit, Liebe und Durst an die Zukunft. Du drehst und drehst Dich. Und Du weißt nicht, wie Du Dich lösen sollst."

Seine Worte standen wie Monumente im Raum und er ließ sie wirken. Ina dachte nach und fand, dass er ihre Situation richtig analysiert hatte. Tatsächlich, sie war ratlos. Sie blickte ihn erwartungsvoll an, doch seine Augen waren leer und so wartete sie geduldig, bis er wieder zu sprechen anfing.

„Nur Erleuchtung, die Buddhaschaft, gibt uns schließlich das Wissen, das uns aus der Verstrickung löst."

‚Ja', dachte Ina mit etwas Ungeduld, ‚das weiß ich wohl. Aber wie komme ich zu diesem Wissen? Wie komme ich zu dieser verdammten Erleuchtung, die mich rettet?'

Der Lama lächelte, als ob er ihre Gedanken gelesen hätte. „Die Lehre sagt, dass jeder von uns in jedem Augenblick Buddha ist. Die Erleuchtung und die Befreiung sind in Dir, jetzt, in diesem Moment."

Und Ina wusste mit plötzlicher Gewissheit, dass er Recht hatte. Es war nichts Spektakuläres, das sich in diesem Augenblick in ihr veränderte. Das dunkle Gesicht des Lamas schwamm vor ihr mit einem sanften Ausdruck, der Friede verhieß. Und sie spürte, wie alle Bedenken von ihr abfielen. Sie legte sie einfach ab, wie ein Kleidungsstück, das sie zuvor eingeengt hatte. Wie ein zu schwerer Mantel glitt es von ihren Schultern. Plötzlich war sie frei. Sie saß da, in diesem Raum, jetzt. Und vor ihr lagen die Jahre. Und sie hatte die Freiheit, in diese hineinzugehen und sie zu gestalten, so wie sie es wollte, so wie es gut war. Die Vergangenheit aber lag hinter ihr wie ein Raum, aus dem sie gekommen war und in den sie nicht zurückkehren würde. Sie hatte bereits gewählt, sie hatte den Schritt über die Schwelle getan, den Ausgang ins Freie genommen.

„So einfach ist es?" Ina stammelte, so erstaunt war sie.

Und der Lama lächelte und nickte. Aber er sagte dazu: „Es ist nicht so einfach, Du wirst es erleben." Humor und Ernst mischten sich in seiner Stimme und Ina wusste, dass er auch diesmal Recht hatte: Es war einfach, sie musste nur wählen. Aber das Schwierige würde sein, sich stets an ihre Freiheit zu erinnern.

„Ja", nickte der Lama, wieder ihre Gedanken lesend, „das ist das Schwierige. Darum verfolgen wir Buddhisten den achtfachen Pfad der Lehre und suchen Weisheit und Mitgefühl zu üben. Und Mitgefühl ist das Allerwichtigste. Mitfühlende Liebe ist der Weg zur Befreiung."

Und Ina verstand, dass ihr Lehrer in diesem Moment mitfühlende Liebe übte: Er ließ sie gehen, und schenkte ihr zum Abschied sein Wissen, das nicht aus Worten bestand, sondern eine Kraft war, die sich auf Ina übertrug und ihr Zuversicht brachte. Sie war nicht verloren. Und es gab keine Möglichkeit, verloren zu gehen.

Ina wusste, dass in diesem Moment ihre Gedanken und Gefühle die ihres Lehrers waren. Sie war sich bewusst, dass sie im Augenblick einer Übertragung stand. Und ihr war klar, dass dieser Zustand nicht andauern und sie später wieder allein sein würde. Ihre Ängste würden erneut die Zähne fletschen. Aber sie hatte die Gewissheit, dass sie dann nicht mehr die Gleiche sein, dass sie sich nie mehr ganz schutz- und hilflos fühlen würde. Sie spürte: Etwas Unbekanntes und Unwiderrufliches war mit ihr geschehen und sie fühlte eine Dankbarkeit in sich aufsteigen, die größer war, als alles Vorstellbare.

Ina warf sich dem Lama zu Füßen.

Der Narr

Den Letzten beißen die Hunde. Und Du bist der Letzte, obwohl sie Dich oft an den Anfang von allem setzen und sagen, Du seist der heruntergestiegene Gott. Und tatsächlich stehst Du im Spiel für das göttliche Kind und den Neuanfang, für Spontaneität und die Möglichkeit zur Veränderung. Du trägst die Narrenkappe und Schellen am Gurt, aber Dein Gesicht ist klug und klar und bewusst.

Wie bist Du nur zu Deinem Namen gekommen? Französisch heißt Du „Le Mat".

Shah mat, Schach matt: Der König ist tot.

Wer ist hier gestorben? Du kannst es nicht sein, denn Du gehst davon, den Blick zum Himmel erhoben, ein armseliges Bündel auf der Schulter und mit zerfetztem Kleid. Nennen sie Dich darum verrückt, weil Du nichts wegträgst, als einen klaren Blick?

Deine Narrenkappe erinnert mich an gehörnte Kronen, an eine Verbindung zum Mond. Und Deine Schellen an die Schamanen, die rund um die Welt mit Trommel, Rasseln und Schellen auf Reisen gehen, in die Bereiche, wo es kein Handgepäck braucht. Ist König Ego gestorben, zurückgeblieben im Ritual des initiatischen Todes? Hast Du nichts mehr behalten, als Dein nacktes Selbst und das zerrissene Narrenkleid Deiner Person?

Und heißt es darum: Die Letzten werden die Ersten sein?

Karl war in die Basarstraßen zum Einkaufen gegangen. Er hatte zögernd die kleinen, dunklen Boutiquen betreten, in denen Händler teetrinkend auf ihren Betten saßen. Sie sprangen hellwach auf und begrüßten ihn lächelnd und Hände reibend, in der Hoffnung, das Geschäft des Tages zu machen. Karl hatte gestöbert und bewundert und gemarktet und schließlich einen dicken Pullover für seinen Freund Heinrich erstanden. Später schwankte er, ob er sich einen Tangka leisten sollte, entschied sich dann aber für einige der wundervollen Figuren aus newarischer Bronze, die tanzende Götter darstellten. Danach ließ er sich von der Auslage eines Tibeterladens verführen, in dem besonders schöne Halsketten aus Silber, Türkis und Korallen hingen. Er bewunderte und betrachtete sie alle, bis er sich schließlich für eine entschied, die er Ina zum Abschied von Katmandu schenken wollte. Schwer bepackt bestieg er schließlich eine Rikscha und ließ sich zum Hotel zurückfahren.

Als er das Hotelzimmer betrat, saß Ina auf dem Bett, umringt von ihren bunten Tarotkarten und vertieft in eine Art von Meditation. Sie wandte sich aber Karl zu und lächelte ihn an.

„Was machst Du?" fragte Karl verwundert.

„Ich gucke ein bisschen, was die Zukunft bringt."

Karl wusste nicht so richtig, was er davon halten sollte. „Erklär es mir!" bat er.

„Lass mich dieses Spiel fertig machen, bitte. Dann zeig ich es Dir." Und Ina vertiefte sich wieder.

Karl setzte sich in den geschnitzten Sessel am Fenster und beobachtete sie. Ihr Haar war zerwühlt und er wäre gerne hineingefahren und hätte es noch mehr durcheinander gebracht. Auf ihrem Gesicht lag ein verträumter Ausdruck, der sich mit einer seltsamen Konzentration mischte. Sie war in weite Ferne gerückt. Karl fühlte so etwas wie Fremdheit und eine Art von Angst wollte ihn ergreifen. Diese Frau, er kannte sie kaum, sie würde nun in sein wohl strukturiertes Leben eindringen. Sie würde seinen wohlgeordneten Junggesellenhaushalt erschüttern, wahrscheinlich Unordnung in seine Bücher bringen, vielleicht eine hässliche Blumenvase an den verkehrten Ort stellen, sie würde so seltsame Dinge tun, wie sie es eben tat: versunken mit Karten hantieren. Oder mit einer Mala Mantras repetieren. Räucherstäbchen würden schwüle Düfte verbreiten. Nichts wäre mehr so, wie es gewesen war. Und er wollte es so. Er wollte es mehr als alles andere, obwohl es ihn ängstigte.

Ina schien etwas zu spüren, denn nun schlug sie plötzlich ihre hellen, klaren Augen auf und sah ihn mit einem forschenden Blick an. „Wir haben die Wahl", murmelte sie, „die Karten sagen, wir haben die Wahl."

„Erkläre es mir." Karl wusste, dass er die Wahl hatte – nein gehabt hatte, denn er hatte bereits gewählt und sich für das Neue entschieden.

„Also komm her."

Ina empfing ihn zuerst mit ihren Lippen, als er sich nun zu ihr aufs Bett setzte. Der Kuss ließ alle Bedenken verschwinden. Es gab nur diese Gegenwart und sie war jedes Risiko wert.

Dann klaubte Ina die Karten zusammen und fing an, sie zu mischen. „Es gibt fast beliebig viele Arten, die Karten zu legen", dozierte sie dazu. „Man kann das ganze Spiel nehmen, oder nur die großen Arkana – das große Geheimnis." Sie lächelte ihn spitzbübisch, verschwörerisch an. „Man kann eine einzige Karte ziehen und aus ihr die Qualität des Momentes ablesen. Oder man kann drei Karten nehmen für: vorher – jetzt – und nachher. Es gibt wahrscheinlich mehr Legeordnungen als Kartenleger, denn jeder entwickelt seine eigenen Spiele. Ich liebe hauptsächlich das keltische Kreuz, eine der alten und bekannten Legearten."

Sie hatte gemischt und teilte die Karten in drei Häufchen, die sie schnell und auf verschränkte Art wieder aufnahm. Dann fächerte sie die Karten in der linken Hand auf, hielt sie vor Karl: „Zieh! Meine Frage ist: Was wird sein?"

Wie bei allen Wahrsagetechniken ist eine klare Frage wichtig. Dabei sollte man nie zweimal hintereinander die gleiche Frage stellen, weil man damit die Antwort der Karten oder des Unbewussten in Frage stellen und verleugnen würde. Ina hatte aber im Spiel zuvor nicht nach der Zukunft im allgemeinen gefragt, sondern danach, wie sie mit Karl zurechtkommen würde. Aber sie wollte ihm nicht erzählen, dass sie sich darüber Gedanken machte.

Karl zog. Es war die Gerechtigkeit.

„Das ist die Ausgangslage: Die Gerechtigkeit. Die Situation ist im Gleichgewicht. Aber natürlich wird sie hinterfragt, warum sonst würde sie vor die Gerechtigkeit geführt? Etwas verlangt nach Klärung. – Nächste Karte."

„Der Turm. Ich lege ihn auf die Gerechtigkeit. Er charakterisiert die Situation näher. Meine Bedenken waren berechtigt, die Situation ist nur vordergründig stabil. Eine Verhärtung ist vorhanden, eine Verteidigungsstrategie ist aufgebaut, aber der Himmel wird sie zerschlagen. – Nächste Karte."

Karl zögerte. Eigentlich hatte er mit solchen Divinations-Spielen nicht viel am Hut. Aber dass die Karten seine Situation als gefährdet erklärten, störte ihn doch sehr. Er wählte die nächste Karte zögernd und mit viel Bedacht. Es war das Schicksalsrad.

„Diese Karte lege ich quer. Sie zeigt an, woher die Störung kommt, was die Situation erschwert. Es ist in diesem Fall das Schicksal, das Leben, das sich dreht und Unruhe bringt. Nachdem das der Natur des Lebens entspricht, entschärft es die Bedrohung durch den Turm. – Die nächste."

Selbst Ina erschrak. Es war die Karte ohne Namen, der Tod. Sie legte sie unter das bisherige Kartenhäufchen. „Unerbittliche Wandlung ist die Grundlage des Geschehens", sagte sie tonlos und überlegte einen Augenblick. Dann fuhr sie etwas lebhafter fort: „Das stimmt für mich, ich bin unerbittlich verwandelt worden."

Karl sagte nichts, aber es stimmte auch für ihn.

Die nächste Karte kam links vom Häufchen zu liegen. Es war der Stern.

„Das ist das Gewesene", sagte Ina nachdenklich. „Der Stern ist die Hoffnung und der Wunsch, sich hinzugeben." ‚Wir müssen es beide gewollt haben', dachte sie.

Nun kam die Kaiserin und sie wurde oben hingelegt. Die Herrscherin über alle Sphären, sie regierte das Geschehen. Ina schluchzte fast auf vor Erleichterung, denn die Achse Kaiserin-Tod zeigte ihr, dass Karl und sie sich im Einklang mit den Naturgesetzen und mit der Zeit befanden. Was auch immer die Krise bringen würde, sie war organisch gewachsen und nicht durch Fehlverhalten verursacht.

Karl biss sich nervös auf die Unterlippe.

Rechts vom Häufchen kam nun der Papst zu liegen. Das war das Kommende. Und die Karte besagte, dass die Gegensätze überwunden würden und dass ein Segen auf ihnen beiden lag. Die Vorher-Nachher-Achse, Stern und Papst, zeigten, dass sie den Wunsch gehabt hatten, sich auf- und hinzugeben und dass sie dafür den Frieden gewinnen würden.

Aber noch war das Spiel nicht zu Ende. Ina verlangte eine weitere Karte und legte sie rechts neben das Kartenkreuz. Es war die Kraft. Sie lag an der Position der persönlichen Schwierigkeit.

„Wir fürchten unsere Kraft, es ist kaum zu glauben, Karl, wir haben Kraft und wir fürchten sie." Ina sprach nun mit einer Stimme, die von weit her zu kommen schien. „Wir haben zu wenig Vertrauen", murmelte sie. Sie griff ohne aufzusehen nach der nächsten Karte, die Karl ausgewählt hatte.

Es war der Eremit und er wurde über die Kraft gelegt. Das war der Ort der tatsächlichen Gegenwart. „Wir suchen, wir suchen. Das ist es, was wir tun." Ina schüttelte den Kopf. „Warum suchen wir noch? Warum? Warum?"

Wieder griff sie blind nach der nächsten Karte. Diese kam an den Ort der persönlichen Hoffnung. Es war das Gericht. „Wir warten auf den Engel, der uns ruft", Ina sprach ohne Ton. „Es reicht uns nicht, was wir haben, wir wollen es noch klarer und deutlicher erfahren. Unser Vertrauen reicht nicht aus."

Und dann kam, an oberster Stelle, die letzte Karte. Sie zeigte das, was sein würde, das Ergebnis des ganzen Prozesses. Es war der Gaukler. Und jetzt lachte Ina hell auf.

Es war alles ein großes Spiel und es war das Leben, das mit ihnen spielte. Es war die Tatsache, dass sie Menschen waren, mit menschlichen Wünschen und menschlichem Kleinmut. Mit dem menschlichen Wunsch, berufen zu sein und der menschlichen Schwäche, zu zaubern und zu tricksen. Sie selbst waren ihr Schicksal. Sie selbst fuhren Schiffchen mit sich, sie selbst führten sich aufs Glatteis. Wie sie es in der Vergangenheit getan hatten, so würden sie es in der Zukunft tun. Und es war nichts Falsches dabei. Sie würden weiter suchen. Und die Ereignisse würden sie lehren, schmerzhaft durch Krisen wahrscheinlich, dass alles schon da ist, dass es nichts zu finden gibt, dass sie schon alles hatten und alles wussten. Es gab nichts als die Gegenwart und das große Spiel mit sich selbst.

Ina warf sich übermütig auf Karl. „Wir werden leben, leben, leben. Und alle Fehler machen, die alle Leute machen. Und wir werden uns köstlich amüsieren dabei. Oh, Karl, ich liebe Dich." Und sie versuchte, ihn ins Liegen zu drücken um sich auf ihn zu werfen. Doch Karl war noch zu gebannt, um gleich wieder scherzen zu können. Die Wechsel vom Ernsten zum Scherzhaften gingen ihm zu schnell.

„Langsam, langsam", sagte er, „ich verstehe nicht. Wo bin ich in diesem Spiel?"

„Das war das Spiel für uns zwei, Karl, und für unsere Zukunft. Du hast darin keinen Einzelsitz. Aber wenn Du willst, kannst Du für Dich noch eine Karte ziehen."

Ina lächelte. Ihr Gesicht zeigte Liebe, Freundlichkeit und so etwas wie mütterliche Nachsicht. Sie mischte noch einmal die Karten und hielt sie Karl entgegen. Dieser fuhr mit den Fingerspitzen bedächtig über den Fächer. Er betastete die kühle Glätte der Karten, ihre kantigen Ränder und bestaunte das wilde Blumenornament. Instinktiv spürte er den Reichtum, der in den verdeckten Bildern lag. Und das Gleiten seiner Finger war wie eine Reise in fremde Welten und andere Galaxien hinein. Er konnte nicht aufhören, hin und her zu fahren, er genoss den Moment, wollte ganz sorgfältig wählen, fürchtete sich wohl auch ein bisschen. Schließlich entschied er sich doch. Er blickte Ina in die Augen und ergab sich ihr und dem Orakel. Er zog.

Es war die Karte ohne Nummer. Es war der Narr.

Von der gleichen Autorin:

Auf den Schwingen des Pendels
Die Königin der Feuersalamander
Im Labyrinth der Kraft
Von Menschen und Geistern
Liebe überlebt
Das Licht der Wüste
Im Schnittpunkt der Dimensionen
Weisses Feuer, schwarzer Schnee

Alle auch als e-book bei kindle-bookshop